我的天才夢

侯文詠

目錄

1

最初，我的生活的範圍僅限於我們家，及家裡門口的那條巷子。那時候，我才會講話沒多久，總是喜歡在巷子裡面玩，最令我興奮的事情莫過於有陌生人跟我問路了。

我會得意地告訴陌生人直走到巷底，轉彎後可以看到小溪，小溪上面有座橋，過了橋之後有戲院，還有雜貨店，沿著路走了幾步之後，第一個叉路左轉，之後再往右轉……記憶中曾有二、三次這樣的事情。老實說，我們家每次都從另一頭巷口出入，我從來沒有機會見過巷底轉彎後的世界。可是只要有陌生人問路，我就樂意免費奉送一個我編織出的世界。我從來沒有想過，不出一分鐘，陌生人走到巷底轉個彎，我的騙局就被揭穿了。

對我來說，如果看不到，那就想像一個，似乎是那麼天經地義的事。那時候，我活在沒有文字的世界裡，還沒有見識過文字的魅力。

可是我很懷疑，早在不認識字之前，我就已經開始寫作了。

第一章

老師語氣深長地表示：「這個小孩子將來大好大壞，要嘛前途無量，要嘛被槍斃都有可能。」我已經不記得我為什麼會前途無量的理由了。我可能被槍斃的理由有好幾個，其中我記得住的一個是：「他會寫文章。」

2

有一次看完電影走出電影院，父親指著廣告看板上鄭佩佩三個字，告訴我說：「你只要看到看板上有這三個字，回家告訴我，我就帶你去看電影。」

於是我開始認識字了。

鄭佩佩是當時胡金銓導演一系列武俠片的當家女主角，總是一副俠女的裝扮，在電影裡面行俠仗義。每天從幼稚園放學回家，經過戲院，我抬頭看著電影看板，尋找鄭佩佩這三個字。「佩」字的右邊寬寬大大的，像是個穿著長袍的女俠士才從屋簷上翩然飛下來；左邊的人字部首，自然就是俠女手上的長劍。那時候，光是看到字的樣子就覺得非常興奮。猜想著，「俠」一定也是個劍客，「客」頭上戴著武林高手那種斗笠。回去問爸爸，竟然猜對了。

我大受鼓舞，就這樣在電影廣告看板中，懸疑地學著認識字。到了進小學的時候，我比同年齡的小朋友，認得更多的字。這當然不是壞事。唯一值得擔憂的是，我的文字世界一開始就受到了武俠電影的扭曲，總覺得它們是獨臂刀法、飛簷走壁之類的神奇法力。

那時候零食裡面的兌獎券通常寫著「銘謝惠顧」。但如果幸運地出現了「再送一包」四個字，就可以去兌換零食。我看到這種事，立刻認定一定是那四個字的魔力。這種功夫我也學過，我依樣畫葫蘆，用紅筆寫下「再送一包」四個字，並且鄭重其事地在字上面作法，說服了我的小跟班去福利社兌換零食……

當然，我永遠都不會忘記我的小跟班換不到零食，從福利社回來時的表情。最好笑的是，我表示前次的發功少了一些元素，重新寫了一張「再送一包」的條子，再施法一次。我再三保證，說服他又跑了一趟福利社……

3

到了我會寫作文的年齡，我的作文就常常被貼出來，或者被老師朗誦了。我很清楚地記得第一次被老師朗誦的作文，是「我的志願」。

那次我的志願是要做「侯氏企業」的企業家，坐著直升機去上班。也許是受了小時候電視劇的影響，劇中有才華的男主角和美麗動人的女主角愛得死去活來的，每次都被女主角的董事長爸爸反對。我們全家的人都同情那個年輕有為的男主角，想像自己是那個楚楚可人的女主角。只有我，獨鍾那個可以左右全局的爸爸。不管發生了什麼事，只要那個企業家董事長有一點高興或者是放水，今天的連續劇就有了一線希望。要不然，大家都得陪著男女主角哭哭啼啼。

我愛死了那個爸爸，他實在是太威風了。

老師朗誦完那篇作文之後，替我投稿到一家紙廠的內部通訊，當時班上同學的家長大部分是那家紙廠的員工。隔一個禮拜後的某一個下午，稿子刊登了出來，老師當著同學的面前交給我五元的稿費。那是一張小小的紙條，寫著五元的鋼筆字，蓋上福利社的戳章，活像廟裡的籤條。比籤條更靈光的是，它許應了福利社裡面所有的好吃、好玩的東西，只要它們總值不超過五塊錢。

緊接著的下課，全班的男生就在福利社舉行狂歡派對了。那十分鐘的下課時間，沒有人要去打球、撞來撞去，或者誰被誰打哭了要去報告老師……十幾個男生和諧地在福利社吃著零食……每個人都懷抱著感激的表情看著我，我得意極了。

甚至五塊錢都沒有花完，輪值福利社的老師在上課前找給我一個五毛錢硬幣。整堂課，我興奮地摸著那個黃澄澄的五毛錢硬幣，無心上課。我從來沒有這麼真實地擁有一個可以支配的硬幣，我心裡想，待會下課，非得去做一件厲害的事情不行。

一下課，我立刻跑到學校後門外的小店。那家小店賣各式各樣學校允許或不允許的東西，其中最迷人的是冰箱裡面的冰棒。根據官方說法，冰棒會帶來傳染病。因此，學校理所當然地禁止同學在那裡買冰棒。

我咬著手指頭，有點猶豫。小店的老闆看出了我的遲疑，告訴我：

「要不然你抽紙籤就好了，不要買冰棒。一樣有機會得到冰棒。」

「可是……」

「學校規定不能買冰棒，又沒有說不能抽籤。」老闆進一步慫恿我。

「可是萬一抽中了，得到許多冰棒，怎麼辦？」

「你又不是故意的。萬一中獎，只能算是命運的安排。」

「好吧。」我裝出勉強同意的表情，心裡早已經是一千個、一萬個願意。

沒多久，我的紙籤抽中了六支冰棒。我有點驚慌失措，和老闆情商，把冰棒以每支五毛錢的價值再換成三十支紙籤……等到了上課鐘聲響起時，幸運之神一共為我帶來了十八根冰棒……事情已經變得完全無法收拾了，老闆臉色一陣青一陣白，一股腦要把十幾支冰棒統統塞給我。

「不行，我吃不完……」

「這是今天的冰棒，你一定要帶走，我可沒辦法為你準備這麼多冰棒隨時在冰箱等著……」

我無可奈何，趕緊衝回教室去把那一票還在吃著零食的男生全都叫了出來……請他們幫忙把冰棒帶回教室，一個人至少照顧一到二支冰棒，用最快的速度把冰棒吃完。

我很快明白，冰棒最大的災難不是傳染病，而是它會滴水。老師在講台上哇啦哇啦地講著，全班十幾個男生，不時低下頭去舔一下桌子底下，最危險的那一根冰棒。我就眼睜睜、活生生地看到一滴一滴的水從課桌底下滴了下來，下起雨似的。

最先出事的是坐在我左邊那個胖子。

「上課還吃冰棒，給我站起來。」

老師本來只是對著胖子生氣地說著。沒想到，她才說完，全班的男生都站了起來，差點沒把老師給嚇昏……

4

那次事件之後，我的作品依然被貼到牆壁，也受到推薦，不過學校改變了一些做法。現在只願意發給我作業簿、鉛筆這類無聊的東西當作稿費。我說服了爸爸，支助我郵資，開始向外投稿。我寫了幾篇自認為好笑的故事，參加了幾次兒童報紙的徵文比賽，都沒有入選。後來我見風轉舵，決定進攻「校園風波」那個專欄。

「校園風波」是一個類似班上發生了什麼笑話的報導。皇天不負苦心人，我的稿件終於被刊登在「校園風波」裡面了。報社寄來了稿費，我本來以為我又可以到學校福利社去揮霍了，很可惜報社只寄來十元郵票的稿費。我有點懷疑是不是我之前的紀錄被報社知道了。

莫泊桑說過，如果小說的場景安排了一枝槍，那枝槍就應該被發射。我的生活也是。我認得的人多半住在附近，平白無故多出了那麼多郵票，根本沒有那麼多可以寫信的對象。無可奈何的情況之下，我只好利用那些郵票繼續投稿。就像如果我有一枝槍，下場一定是拿著它到處射擊一樣。

偏偏一個平靜的小校園，難得有什麼風波。為了開展鴻圖大業，我只好開始編故事。我必須設計讓小狗跑到我們班上來，或者有時候讓蜜蜂螫傷了令人討厭的老師，再不然就是校長跌倒了，下巴上打石膏。一時之間，全世界最有趣的風波都發生在我們的校園裡。透過我的想像，我們的校園也變成了像侏羅紀公園那樣，隨時可能發生災難的地方。

我的校園風波愈寫愈多，錄取的稿子愈來愈多，結果我的郵票也就愈來愈多。我像馬奎斯筆下小說《百年孤寂》裡面晚年打造金魚的邦迪亞上校一樣，人家用二倍的金子換他的金魚，他只好收下二倍的黃金，接著打造二隻金魚，又被以雙倍的黃金收買，只好再打造四隻金魚，然後是八隻、十六隻……邊際效應的結果，稿子刊出來的快樂愈來愈短暫，累積愈來愈多的郵票卻讓我長期困擾。我像做了什麼壞事一樣，怕老師看到報紙上的校園風波，我心想，她一定大叫：

「天啊！你公然說謊，還寫到報紙上去了！」

有一天，老師交給我一封從台北報社寄來的限時掛號信，我一看到信封是制式報社編輯部的信封，封口顯然被撕開過，心想完蛋了，我終於被揭發了。

我戰戰兢兢接過那封信，打開一看，竟然是編輯寫來稱讚我的信，要我再接再厲，努力創作。

「你到底寫了什麼好作品？大家都想看看呢！明天帶來給大家一起分享吧。」老師很高興，覺得與有榮焉。

我抬頭看看她，怎麼能讓她看看我的「好」作品呢？上個禮拜她才在校園風波裡面被蜜蜂叮到，腫了一個大包。

接連幾天，我都「不小心」忘了把被刊登的文章帶來。老師終於不耐煩了，主動地說：

「我記得學校也有這份報紙，不曉得工友有沒有把報紙收走？我去找看看。」

天啊！這還得了！我不得不找藉口潛入老師的辦公室，找出過期的報紙，把報紙上校園風波有我文章的部分，一塊一塊撕毀。

唉，過了很久以後回想起我的母校，實在是一個普通又平靜的國民小學。校園如果發生過什麼風波的話，大概就是我所做的那些蠢事了。

5

過了沒多久，我開始辦起地下刊物來了。

刊物的名稱叫作《兒童天地》。第一期的《兒童天地》三十二開，三十二頁單光紙版，我從主編、採訪、撰稿，到印刷裝訂全部一手包辦。我的印刷方式採複寫紙印刷。一次複寫五張單光紙，由於印量二十五本，因此每頁要複寫五次。這是一本厚達三十二頁的雜誌，換句話說，我一個人關在家裡，用最原始的人力，一共印刷了一百六十次。

《兒童天地》創刊號終於正式發行了，一本銷售一元。因為沒有得到級任老師的正式允許，《兒童天地》只能以非正式的形式偷偷地銷售。拜我過去常常請客之賜，創刊號不但銷售一空，同時還有同學響應徵稿。統計盈虧的結果，發現竟然賺了二元。這是我第一次發現文化事業有利可圖，感動之餘，決定擴大規模，再接再厲。

我找到了小鎮上唯一的一家印刷廠，老闆問了我一些簡單的問題，什麼平版印刷、凹版印刷、四色印刷，我都搞不清楚。我拿出了第一期的《兒童天地》月刊樣本給老闆看，老闆笑了笑，告訴我說：

「要做這種的啊，你回家自己用蠟紙刻鋼版就可以了。」

那個時代可沒有什麼影印機、快速印刷，更沒有什麼印表機。學校考試老師得先用蠟紙墊著鋼版刻寫，之後再請工友透過蠟紙油墨印刷。顯然，我連最初級的蠟紙鋼版印刷都不懂。為了不使我的出版專業蒙羞，我決定不再追究這個問題，回家繼續從事我的複寫紙印刷。

一切都進行得很好，直到發行完第三期《兒童天地》之後的有一天早上，級任導師忽然把我叫到辦公室去。她坐在靠背的椅子上，看著剛出爐的《兒童天地》。我不知道這本刊物為什麼會落到她的手裡，也不曉得她會怎麼對待這件事情。我很緊張地站在她的辦公桌旁，心裡撲通撲通的跳著。

好不容易等她看完了整本的《兒童天地》。她把書放在辦公桌上，轉過來問我：

「你這麼聰明，為什麼不做點別的更有用的事？」

我很難精確地形容那樣的表情，帶著不解，又兼具諷刺的意味。

我很窘迫，滿臉通紅地低下了頭。

接著當然是一陣狂風暴雨，然後是對我的期許，以及我應走的方向。我很想辯解些什麼，可是又沒有能力。我的第一本體制外的刊物，就在那樣的壓力以及官方對我的期許之下，停刊了。

不久，我忍不住又辦了一份家庭報。發行的對象是我們家裡全部的成員，不定期出刊，每次只發行一份，貼在家裡的牆壁上。這次進行得順利多了，至少我不用複寫那麼多次，寫那麼多字，也沒有什麼榮譽與金錢的複雜問題。

編輯的過程相當熱鬧，爸爸、媽媽、弟弟、妹妹不斷地來閱讀並針對他們自己在報紙上呈現的形象提出關切及善意的建議。以至於到了正式出刊時，我的報紙變得一點都不新鮮了。

這是唯一小小的遺憾。

6

我很清楚地記得小學畢業典禮那天，大家唱驪歌的時候，班上有個女生在哭，我笑她三八，有什麼好哭的。她回頭看了我一眼說：

「你這個沒有感情的人。」

過了幾十年以後，我忽然理解到這件事情。更精確地說，與其說我是一個沒有感情的人，還不如說我有點無知。我並不知道，大部分的人，經過那一天之後，彼此就不再見面了。

畢業典禮上我拿了鎮長頒發的鎮長獎。下午級任老師還特地來家裡一趟，表示祝賀之意。爸爸媽媽擺開茶點，無限歡迎，大聊關於我的前途這類的議題。

「這個小孩子將來大好大壞，要嘛前途無量，要嘛被槍斃都有可能。」距離二十多年前發生在台灣的歷史殷鑑不遠，老師語氣深長地表示。

我已經不記得我為什麼會前途無量的理由了。我可能被槍斃的理由有好幾個，其中我記得住的一個是：

「他會寫文章。」

7

我從一個長著一頭黑髮的可愛小孩，被剃成一個三分頭短髮，有點像剛入伍的新兵那種青澀的小孩。

我怎麼看都覺得自己變得好醜。爸爸安慰我說：

「你要上國中了，長大就是這樣。」

雖然我勉強靠長大的感覺說服自己，可是內心非常抗拒。

那時候，我開始閱讀中文世界一些名家的作品。最先是洛夫、鄭愁予、楊牧的新詩，隨之而來的是徐志摩、朱自清、琦君、司馬中原、子敏、張曉風……許多名家的散文。這些閱讀的美好經驗又駁接我進入了白先勇、王文興、歐陽子、七等生、陳映真、黃春明、王禎和甚至是張愛玲……這些當代中文小說的世界。

老實說，可能是時代的關係，我看到的當代小說都帶著苦澀，甚至沉重的氣氛，可是正好呼應了忽然加諸在我們那個年紀的壓力與苦悶。

我記得一進國中，班費裡面就有一項是買藤條送給各主要科目的任教老師。藤條本來是農家用來打牛的器具，非常有彈性，打起來特別痛。通常只要打一下屁股就會出現瘀青，一旦打二下以上，鞭痕重疊的部分立刻皮開肉裂。歷史上說到明朝的廷杖打得人鮮血直流，我有些朋友認為文字誇張，怎麼可能？我心想，這些在愛的教育之下成長的人真是不知民間疾苦。拜時代之賜，那種場面我在國中時代不但眼見，更是親身領教過了。

被打的壓力是全民性的。成績好的同學有好的打法，成績不好有不好的打法。碰到嚴格一點的老師，每個同學依照資質優劣程度各有不同最低標準分，低於標準分以下就得挨打。像我的數學標準分就是九十八分。數學考卷一發下來，如果考題有五十題，表示我還有錯一題的喘息空間。萬一試卷只考三十三題，錯一題立刻變成了必須挨打的九十七分，我等於變相地被要求考滿分。

好學生如此，更不用說成績不好的學生了。最慘烈的狀況往往是一整堂課老師都在打學生，教室變成了刑場。成績太離譜的學生，受不了十幾下的藤鞭，打得在地上連滾帶爬，爬出了教室。老師大喊著：

「好，你厲害，知道我不在教室外面打學生。你有種爬出去，就永遠不要再進這個教室來！」

學生怕打又怕威脅，把頭轉進來，可是屁股仍然留在教室外面。雙方就這樣僵持著。

不像現在，這種教育方式在當時很少發生糾紛（畢業典禮之後，學生要蓋布袋打老師的不算）。我所就讀的是升學率特別高的私立中學，很多望子成龍的父母都搶著把孩子擠進去。如果有父母親不同意這樣的教育哲學，學校很樂意讓學生轉學離開。有時候，學校的藤條打斷了，甚至會有熱心的父母親捐贈新的藤條。

我的左右前後坐滿了需要我照顧的同學。考試的時候，我除了得盡速把考卷寫完外，還得空出時間，讓左鄰右舍抄襲答案。隨著時間過往，這些我曾照顧過的兄弟們慢慢淪落到所謂的放牛班去，更苦悶地結群結黨，為了女生爭風吃醋，彼此吵架、打架，沒完沒了。我變成了少數能夠調停排解的重量級大老。我記得有幾次放學時刻，不同的二組人馬約定在校園後面的番薯田，彼此亮出刀子這類的傢伙，就要大打出手，我常常被要求出面調停。我當時不畏不懼，大有雖千萬人吾往矣之氣勢。往往我一到現場，兩邊的頭頭之中總有我曾照顧過的兄弟。我曉以大義，幾番唇舌之後，這些兄弟竟然也道義十足地賣我的面子。就這樣，我化解過好幾次流血衝突。

我在現實裡過著這樣所謂「好學生」的生活，可是我的周遭卻充滿著這麼多荒謬的畫面，我一點都不理解為什麼這些人變成了這樣，而那些人卻變成了那樣。那時候我讀著小說裡面更深沉的世界，寫著人的窮、苦、貪、鬥，我愈讀愈覺得人的世界都是一樣的，並不因為是兒童、青少年或成人就有什麼不同。雖然我們的生活貧瘠而有限，極力裝出可愛的模樣，可是成人或者是小說世界裡的苦悶，我幾乎都可以在生活裡找到呼應。

後來學了統計學，我有一點想追究，所謂的玉不琢不成器，到底是真理，或只是不堪細究的某種信仰。不知道有沒有人做過研究，所有這些挨了藤條的孩子，到底有幾個人如父母所期望地成功了？如果他們成功了，有多少是來自藤條的幫助？藤條幫助一個孩子成功，它的有效率到底多高？是不是在統計學上有顯著意義？如果沒有，是不是代表我們只是白白挨打了？

我想起班上有一個同學後來變成了國內知名的聲樂家。他應該算是班上同學的榮耀，這無庸置疑。問題是我無論如何都無法把聲樂家和印象裡中學時代的他聯想在一起。我想不起中學時代曾經聽過他唱歌，或者感受到任何他可能成為聲樂家的特質。

我搜遍記憶所及，勉強能找出來的，竟只有他挨藤條時，高亢的哀嚎聲而已。

8

我的作品開始出現了像是：

「一個人靜靜地走在寂寞的公路上，夕陽餘暉長長地拉著我的影子……」

這種自憐自艾型的句法。要不然就是：

「我閉上眼睛，任風吹起我的一頭亂髮……」天知道我只是個剪了平頭的國中生，哪來的亂髮飛揚。好在我已經事先聲明了我是處於閉上眼睛的狀態。

我還發現當時有一篇叫〈走在雨中〉的文章，裡面更驚人的舉動像是：

「我拋開傘，迎向風雨，讓雨點盡情地打在我的臉上……」

我相信這跟當時流行的「I am Singing in the Rain」有關。一個人覺得有點苦悶，想把周遭的一切都拋掉，享受短暫的自由，這樣的心情無可厚非。國文老師當時給我的評論是：

情境很好，但要小心著涼。

我在家裡的頂樓清理出了一個小小的空間，一有空閒，我就泡在那個天地裡面寫稿，或者是瘋瘋癲癲地閱讀我弄回來的書。

我的母親偶爾經過我那小小的空間，忍不住就要嘮叨：

「你多花一點時間讀正經書吧，不要老是看那些閒書。」

《家變》的作者王文興曾寫過《背海的人》這本小說。小說的第一頁，整整就寫了整頁滿滿都是髒話以及三字經。這本書剛出版的時候，我興致勃勃地買回家看，正好被爸爸看見了。為了了解我在看什麼書，爸爸以《背海的人》為樣本，研究了半天。他皺著眉頭問我：

「你整天躲在這裡，讀著這樣的書，你覺得好嗎？」

父親是個很溫和的人。所以當他問你覺得好嗎，其實意思很明白地擺明這是「最後通牒」了。無可奈何，我搬回了樓下潔淨明亮，只有教科書及參考書的書房。規規矩矩地做功課，過正常的生活。

過了一個月，我終於受不了了。我決定先從媽媽開始，展開我的絕地大反攻。

「你們對我最大的期望是照著你們的規定活著嗎？」

「我們以前小時候，哪像你們這麼幸福，有機會好好讀書……（哇啦哇啦，嘰哩咕嚕，中間省略）總之，我和你爸爸是為你好，希望你好好地讀書，考好成績，進好學校，將來出了社會做個有用的人……」

「所以，你們最希望就是看到我好好讀書，考到好成績囉？」

「當然。哪個父母親不是這樣的希望？」

「如果我每次都考前三名，達到你們的期望，你們可不可以也滿足我的希望？」

「你有什麼希望？」

「我希望你們不要干涉我的作息，讓我自己決定。」

「好，」媽媽顯然思考了一下，「如果你能考好成績，表示你對自己負責。可是萬一你說得到做不到……」

「我就依照你們開出來的作息表生活，絕無怨言。」

我花了一點心血研究，怎麼樣用最少的時間，得到最好的成績，並且開始實行我研究後得到的心得。下一次段考，我很意外地拿到全校最高分。我的父母親也嚇了一跳。大家都覺得那是一個很好的約定。

於是我們讓約定一直持續下去。

9

我變本加厲地愛啃書。站著啃書、坐著啃書、躺著啃書、歪斜著啃書。很快，小鎮裡那幾個書店裡的書被我啃得差不多了，於是我開始啃雜誌。我不曉得從什麼管道拿到了訂閱雜誌的劃撥單，突發奇想，以學英文為藉口，號召同學集資，分別訂閱了一些我覺得很炫的電影以及搖滾雜誌。

書寄來了，雖然裡面的確寫了不少英文字，可是更多怪異的圖片，像是愛化裝作怪的Queen合唱團、戴個大眼鏡的Elton John、粉墨登場的費里尼，還有史坦利庫柏利克的什麼《奇愛博士》、《發條桔子》……

我生長背景是七〇年代台灣南部的一個小鎮。除了少數的人以外，大部分的人普遍相信蔣中正是民族的救星，政府是大有為的政府這類簡單而明確的真理。對於我那些還在學著「This is a book. Is this a book?」這種英文基本句型的同學，我訂閱來的雜誌不但不符需求，內容前衛，裡面圖片所夾帶顛覆或者是叛逆的意味，在在令人感到某種潛在性的不安。更別說是同學們的父母親了。大家紛紛吵著要退貨。無可奈何，我只好賠錢了事。我已經忘了怎麼弄到錢擺平那些債務了，不過雜誌無論如何是沒辦法退閱了。接著的一年，那些已經訂閱的雜誌按時寄來家裡，我變成了唯一的閱讀者。

每個月我翻著那些新雜誌，告示著美國、英國最新的排行榜，或者是影展、名導演的新作或新消息。老實說，我一個名字都不認識，更沒有機會看過、聽過雜誌裡面提到的任何一首歌，或者是任何一部電影。可是一期一期翻著，我就可以猜想，那些不斷被提起、重複或者是被崇拜著的名字，一定是很重要的人或作品。

我一個人翻著雜誌，孤零零地翻著雜誌。我看到演唱會擠著成千上萬人，那麼熱鬧，可是在這個小小的小鎮，沒有人在乎。我不知道為什麼自己會那樣樂此不疲，或者是自信滿滿地覺得自己跟別人不同。我彷彿知道雜誌裡面許應了一個遙遠、陌生，卻又令人期待的國度，總有一天，我會屬於那裡。

有一次，我經過小鎮的唱片行，忽然看到了戴著大眼鏡的Elton John海報。我趕緊回家要了零用錢，衝到唱片行買唱片。

好不容易家裡老舊的唱機播唱出了Elton John的〈再見黃磚路〉的歌聲以及旋律：

So good-bye, good bye yellow brick road……

聽著，我的心中忽然有一種不知所措的感覺。

我認得這首歌的樣子一直只是雜誌上的歌詞。我隨著自己的心情，為這些歌詞編造不同的旋律，任意哼哼唱唱。我以為那就是故事的全部了，從來沒有想過，有一天，它竟然真真實實地在我的面前被播唱了出來。

而且它和我曾編造過的千百種我以為應該是那樣的旋律完全不同。

10

上了高中以後，就不再遇到打人的老師了。可是很奇怪，雖然說沒有人用藤條逼迫你的功課，你卻可以感覺到有種氣氛不但沒有消失，反而愈來愈嚴重。

那時候，我上學總是遲到，學校的教官就在學校門口等人。在那個一元化教育的世界裡，教官的價值世界是確定而不可動搖的。

「你又遲到了。昨天晚上幹什麼去了？」教官問。

「讀書。」

「賭輸？」教官諷刺地說，「每天不讀書，只曉得賭博，當然賭輸。」

我昨天晚上真的是讀書，可是在教官的世界裡，凡是遲到的學生，操行就不好；操行不好的，成績一定不好。反之亦然。

有一次，我在行政大樓碰到那個教官，故意拉他去看我因成績優良，貼在榮譽榜上的照片。

「報告教官，那個人是我。」

教官看了看照片，又看了看我，好像看著什麼世界奇觀似地。他脫下了帽子，不可思議地抓了抓頭，終於說：

「好小子，真有你的！」

我記得後來這位教官的態度有了一百八十度的轉變。他終於明白，原來我是屬於他必須努力保護的那群好學生之一。後來哪怕是真的遲到了，他也會關心地呵護我說：

「自己身體要照顧，別讀太晚了喔！」

我常想，要是我一直留在那個被保護、照顧得很好的菁英集團裡，事情應該會進行得很順利。不過我高中的時候參加辯論比賽、英文演講比賽、排演話劇、班級合唱團、班刊、製作班旗班服、對外投稿……隨著我所參與的事情愈多，我得到的警告也就愈大。

我一直記得小學發生《兒童天地》事件時，老師問我說：

「你這麼聰明，為什麼不做點別的更有用的事？」

很神奇地，高中老師也講一模一樣的話，好像不同的老師都共同串通好了台詞似地，一點也不因時光過往，而有所改變：

「你又不是功課不好，為什麼不把時間放在有用的事情上面？」

這些善意的老師不斷地提醒我，空有才華是沒有用的，他們總是細數一些從前搞社團的、搞刊物的學長，如何荒廢了學業，如何考不上大學，如何走投無路的故事。

有用與沒有用這樣的命題對我的困擾愈來愈嚴重。特別是當同學都躲回家裡準備學校的考試，我卻還來回奔波在印刷廠和製版廠之間校訂著即將出刊的班刊，或者是為班上的運動會設計班服及班旗時，我對自己到底在做什麼愈來愈覺得迷惑……

我終於把班刊搞砸了。搞砸的原因很多，我自己沒有經驗，從邀稿到完稿到製版印刷拖了太久的時間，物價一直飆漲。我又遇見偷工減料的印刷廠老闆，印出不完美的成品來。本著要求完美的個性，我堅持要和老闆談判重新印刷。

我記得我透過學校師長找他出來談判時，那個老闆不但不覺得不好意思，他還大剌剌地說：

「侯文詠，我把你害慘，也被你害慘了。」

這麼一拖的結果，班級從一年級升級成為二年級了，不但同學人馬改變，導師也不同了。可是我們的班刊還在講著上個班級的事情和內容。搞砸的結果，只好要求加收班費，以應額外的支出。

最倒楣的是有些同學才加入我們這個班級，莫名其妙地就要被收錢。還有一些原來支持班刊的人也不願意再繳錢。另有一些人完全沒有參與編輯的樂趣，從頭到尾都聽到班刊編輯的一些烏龍事。還有一些人純粹是針對我個人的行事風格有意見……總之，一時之間，怨謗之聲鼎沸。我變成了拿別人的錢在出自己風頭的主編，或者獨斷卻又無能的人，甚至有人直指我收了外面廠商多少好處……

很多在班會公然指責我的人乾脆公開不和我講話了。我每天到班上上課，面對著許多冷冷的面孔，像是一座又一座冷冷的牆。

如同關心我的老師所預言的，我的成績一落千丈。那一學期我得到了十三名的名次，在我的考試史上從沒有發生過的慘劇。我在南部溫和的父親並不曉得他的孩子去台南讀高中，經歷了這些風波。他看到成績單時顯然愣了一下。不過他最激烈的反應也只是問我：

「我有沒有看錯，是第一名，還是第三名？」

「是十三名。」我淡淡地說，低下了頭。

「你知道是十三名，」爸爸緩緩地把成績單還給我，「那就好。」

我安靜地坐著。自己和自己常常陷入某種激烈的衝突之中。有一天，我問父母親：

「你們這輩子最大的期望是什麼？」

「我們把小孩扶養長大，看到你們有成就，對社會有貢獻，我們就很高興了。」

他們簡單的回答常讓我有一種罪惡的心情。我的父母親是標準的公務人員，如果他們一輩子可以那樣，為什麼我不行？為什麼我不能不管其他，只把書念好，然後長大，有成就，對社會有貢獻？

「你們難道都沒有自己的夢想嗎？」我問。

「我們小時候上課，一天到晚防空警報，躲美國飛機，那時候要好好地活著，好好吃一頓飯，還真不容易。有時候我覺得你們這一代人在福中不知福，不曉得都在想些什麼？我記得當初跟你爸爸結婚的時候，什麼都沒有，現在我們擁有房子、這麼多東西，還有你們這些小孩，我們已經感到很滿足了……」

有一位對我很特別的文史科老師，他有一次告訴我說：

「你是塊特別的料子，我覺得你應該放棄理工，鼓起勇氣走文史哲的路。你當個醫生或工程師也許只是稱職的專業人員，可是你走文史哲的路，我相信你一定有機會闖出個名號來。」

很奇怪，得到這麼高的評價，照說我應該覺得很興奮才對。相反地，我卻沒有。那是一個成績好的學生都拚命往理工科擠的年代，我開始懷疑自己的能耐。有沒有可能我在文史哲的領域根本闖不出一個名號來，變成了一個一無是處的人呢？

會不會走上理工科，將來做一個現世安穩的工作，完成一個合理的夢想，勝過千百個不安的狂妄而不實際的想像呢？如果我的一生是一個醫師，一個工程師，在我臨終時，至少我可以清楚地指出，我完成了哪些工程，救活了哪些人。可是如果我的一生是一個作家，我會不會只留下一些沒有用的喃喃囈語，連我自己都沒有把握是幫了人或害了人呢？

迷迷糊糊走著人生，你還可以有種迷迷糊糊的興致和樂趣。可是有一天，忽然有人指出來，明擺著兩條分別通往不同地方的路，並且有個明確的分叉點，問你要走哪個方向？

你開始徬徨了。

一條呼應著你的內心的路，從不許應你任何未來，一眼望去，遙遠而看不到終點。另外一條路，遊戲規則清晰而明確，你只要保持領先，很容易就聽到了外在的掌聲。

To be or not to be? 你在乎的又是什麼？

11

我終於拒絕了這位老師善意的建議。

高中最後的一年，我停掉了所有的課外活動。我不再寫東西，不再在班上主動發言，或談論任何和考試不相干的事。我唯一能感受到的是七月的大考離我愈來愈近，我專心啃書換取分數，想盡辦法爭取在有用世界裡面最難取得的資源，競爭大家千方百計搶奪的名次，以及那個名次所能優先分配的權益。

八月分，我的名字出現在大學聯考醫學系的放榜名單時，爸爸很高興，在家門口掛起了一串鞭炮。儘管我再三違拗，他還是執意把鞭炮點燃。

那是我最多愁善感的年代。在煙霧彌漫中，我有點感傷，覺得很不划算。我一直印象深刻，那時候，我想起我失去的青春年少再也回不來了。

第二章

我試圖著保持冷靜中立，或是維持某種專業的疏離。可是這一次，我似乎被逼到了某個無法還擊的角落。大人小孩的哭喊聲音瓦解了我某種專業的外殼。我無助地掉入了人生赤裸裸的真實中，內心隨著哭聲一陣一陣地抽搐。

12

我常常想起醫學院時代的一堂病理學課。記得上的是肺部腫瘤。演講完了，老教授讓助教把窗戶簾幕放下來，開始在教室前面的銀幕上播放病理切片的幻燈片。各式各樣肺癌的病理切片，大紅大紫地呈現在銀幕上，它們是如此地艷麗，很難想像這些就是痛苦與死亡的化身。

老教授點起菸來，一邊解說，一邊抽著菸。解說了幾張肺癌的病理切片之後，他想起什麼似地，意味深長地說：

「嗯，研究報告一再顯示，抽菸增加肺癌的機會……」

說完他噴了一大口煙，呵呵地笑了起來。笑聲裡，帶著某種對疾病、死亡說不出來的睥睨。我還清楚地記得老教授當時臉上的表情，特別是煙從他的嘴角緩緩升起，幻燈機映著那一團煙霧的姿態，更使得這一切變得令人印象深刻。彷彿因為那些的知識、學問，他可以優雅地被豁免在人類所有苦痛之外。

那一次，我們全班不由自主地被老教授逗笑了，並且為他鼓掌。

多年以後，我經歷了很多病人以及疾病，再想起那一幕時，總覺得我們當時可能是誤解了教授的笑聲。可是不管如何，那是教人懷念的美好時光。呵，曾經有那麼一刻，我們全心全意地相信，我們可以依賴知識與風範，對抗死亡和所有的苦痛。

13

我第一個急救的病例是擔任見習醫師沒多久之後的事。那一次我經過內科病房，看到病房的走道上，站著一群憂心忡忡的病人家屬，直覺發生了什麼事情。正想走過去看看時，從病房裡面衝出來一個護士小姐，對我說：

「裡面正在急救，你趕快進去幫忙。」

「我只是見習醫師。」我有點害怕。

「沒關係，是總醫師要我出來叫人幫忙的。」

我跑進病房時，總住院醫師正跪在病人身旁，用標準的姿勢做著心臟按摩。他身旁置放著一台電擊器，兩個電擊片翻在機器上，上面還殘留著軟膏，看得出來已經電擊過好幾次，而心電圖儀上面早看不到規律心跳了。各種點滴、管線插滿了病人身上，有一條氣管內管，連接到空氣氣囊及氧氣筒，另一個女住院醫師就站在病人頭上方的位置規律地擠壓著空氣氣囊。

總醫師一看到我愣頭愣腦地走進來，開口就說：

「你上來接替心臟按摩。」

「可是，」我嚇了一跳說，「我從來沒有做過。」

「叫你上來，你就上來。」說完他從床上跳了下來。

我只好硬著頭皮爬上床，跪在病人身旁。儘管我努力回想我讀過的心臟按摩章節，按摩的姿勢、頻率，可是腦中仍然是一片模糊。我才抬起頭要找總醫師，他早已走出病房。

「別急，慢慢來，只要十幾分鐘的心肺按摩就夠你腰痠背痛一個禮拜了。」擠壓著空氣氣囊的女住院醫師提醒我說，「你按摩五次，我擠壓一次空氣氣囊。懂嗎？」

我點點頭。

病人是個七十多歲的老先生。他的情況顯然不妙，除了沒有心跳之外，我每用力按壓一次心臟，就看到粉紅色的泡沫從氣管內管裡面冒出來。那些泡沫顯然是血水與空氣的混合——典型心臟衰竭導致的肺水腫。

「抽吸器。」住院醫師必須暫時拔開氣囊，把抽吸管伸入氣管內管，抽出肺部的積水來。這時候，如果我不停下心臟按摩的動作，粉紅色的泡沫就會被擠出來，噴得自己以及別人身上到處都是。

糟糕的是，當我意識到這件事時，已經來不及了。血水濺滿了那位住院醫師的眼鏡以及白色制服。她不高興地說：

「不是叫你不要急，慢慢來嗎？」她把氣囊接上氣管內管，然後指著心電圖，對我平靜地說，「他已經死了，你不知道嗎？」

接著我聽到總醫師和家屬嚴肅的對話。病人家屬走進來放聲大哭，被醫生和護士拉了出去。過了一會，主治醫師也來了，除了電擊以外，同樣的步驟又重複了一遍。他把病人家屬趕出病房外，嚴肅地和他們談著話。

他已經死了？

我仍然跪在床上奮力地做著心臟按摩。半個多小時不到，我果然汗流浹背、全身痠痛，疲憊不堪了。

「妳說他已經死了？那我們在做什麼？」我問。

住院醫師無奈地笑了笑，她看了看病房門外，沒說什麼。窗外一抹夕陽漸漸落了下去。天色已經有點昏暗，顯然早過了下班時間。過了一會兒，她想起什麼似地，歎了一口氣，對我說：

「其實醫師只能治好我們治得好的病。」

唉，多麼感傷的結論。

「萬一是我們治不好的病呢？」我不知好歹地問。

「我們只好表演。」

「為什麼要表演？」我可好奇了。

她聳了聳肩膀，「或許讓大家都覺得好過一點吧。」

14

我開始瘋狂地想學習這些表演，或者是「怎麼擺出某種令人信服的架子」這類的事情。

在小兒科急診室有一個住院醫師讓我大開眼界。

「小兒科的病人雖然是小孩，可是我們服務的對象卻是大人。」

他用很熟練的手法和小孩子打交道，在遊戲中乘機摸摸他們的額頭，翻翻他們的眼皮。

「重點是，絕對不能一看診就讓小孩哭出來。這樣在大人眼裡，顯得你太不專業了。」

他拿出聽診器給小孩東摸西摸，故意把聽診器掛在小孩身上，又拿下來，表示要示範聽診器的用法。他把聽診器的聽筒放在小孩胸前，一、二、三，移動，一、二、三，再移動……幾秒鐘之內，他乾淨俐落地完成了肺部及心臟的聽診。

「看診最困難的部分，」他鄭重其事地對我說，「是叫小孩張開嘴巴。這個動作一定要留在所有的檢查都做完了之後再做。」

小孩坐在父母親膝上，他讓父母親一手扶著小孩的額頭，一手抱著小孩。他自己則拿著壓舌板在天空比畫，對小孩說：

「你看，這是轟炸機，就要轟炸你的鼻子，轟！眼睛，轟！再來是嘴巴，你是酷斯拉，快點，張開嘴巴，把飛機吃掉……」

就在小孩微微張開嘴巴的一剎那，他的壓舌板伸入小孩的口中。說時遲那時快，壓舌板用力一壓，另一隻手上面手電筒光線尾隨而至。幾秒鐘之內，他已經完成了咽喉部的檢查。

「轟！」在小孩還有我都目瞪口呆時，他的壓舌板全身而退，「飛機被你咬了一口，嗡嗡嗡，墜毀了。」他順手把壓舌板丟到垃圾桶去。

「做完檢查，你接著會做什麼？」他問我。

「做診斷，開處方。」

「No, no, no……」他猛搖頭，「你搞錯對象了，我不是說過了嗎，你在小兒科服務的對象是大人。」

「我不懂，你說小兒科……」

「你已經看完了小孩，現在是開始治療父母親的時候了。」他對我說。

「可是父母親又沒有生病，為什麼需要治療？」

「你說呢？」他反問我，「難道是小孩自己來掛號、繳費、請醫師診斷開藥的？」

我想我有一點懂了。

「先對父母親說明你看到的症狀，像是發燒、紅腫、淋巴腺有沒有腫大這些事情，表示你很用心地看診過了，你的診斷應該是感冒，不過，」他停了一下，「這些一點用都沒有。重點是，他們是因為焦慮來找你的。所以你得先緩解他們的焦慮，再治療小孩的病。你必須告訴他們，依照你的檢查，應該可以排除肺炎、登革熱、川崎病等這些棘手的毛病。雖然你無法排除腦炎或者腦膜炎的可能性，但是機會非常的小，二、三天內小孩的神智如果沒有發生變化，或者是高燒不退，應該就沒有問題。」

他說明完病情之後，還在病歷紙上記載病歷、診斷，以及許多和病情不相關的各種註記，好比說：下週小孩就要月考了，或者是小孩準備參加鋼琴比賽，這類他下一次可以和父母聊天的內容。開完處方後，他抬起頭對病人家屬說：

「這裡有三天份的藥，吃完之後，情況會有改善，但病一定還不會好，到時候再回來讓我複診一遍。」

這就奇怪了，我問他：

「哪有醫生告訴病人自己開的藥吃不好的？」

「你說，常見的濾過性病毒週期大概多久？」他問。

「五到七天。」我說。

「你覺得藥物治療可以縮短這個時程嗎？」

「藥物只是支持性的治療，」我搖搖頭，「這種濾過性病毒要靠身體的免疫機制。」我停了一下，「可是，如果真是這樣，為什麼還要他們三天後再回來？」

「因為康復的時間正好落在小孩吃完第二次藥之後啊！」他拍了拍我的頭說，「傻瓜，誰開第二次藥，誰就是最厲害的醫生。你不叫他回來，難道讓他跑到別的開業醫生那裡去，讓他們搶了你的功勞嗎？」

他對我神秘地笑了笑，按了叫號鈴。下一個病人進來，同樣的程序從頭到尾，又表演了一次。

聞君一席話，有如醍醐灌頂，茅塞為之頓開。我睜大了眼睛，心裡簡直是無限崇拜。

我學習得很快。不久，我就有一群忠實的擁護者了。他們不但忠實擁護，還會介紹病人來急診室看我。南部的阿公、阿婆最熱情，他們不分青紅皂白地叫我這個小小的實習醫生「主任」。後來更僭越了，我在二十五歲那年，就有人跑到急診室指名要找「侯教授」看病。

當急診室的護士小姐氣急敗壞地問著：

「我們小兒科什麼時候跑出來侯教授這號人物，為什麼一大堆人都要找他？」

我只能遮住我的實習醫生名牌，裝出莫名其妙的表情，很低調地夾著尾巴走開了。

15

我變成了正式的麻醉科醫師之後，仍然維持著這樣的表演風格。我和病人處得很好，也樂於享受這樣的關係。特別是在開刀房，要接受手術的病人多半非常緊張，我常常會在麻醉開始之前，和他們聊天。

「我問你，你有沒有把生命交到別人手上的經驗？」

「沒……有吧。」病人開始覺得這個麻醉醫師的對白很奇怪。

「怎麼會沒有呢？你坐汽車，命就交給司機了；搭飛機，命也交給駕駛了，只是你不覺得罷了。」我握著病人的手，用很沉穩、值得信任的聲音說，「你可以放心地把生命交給我們，我們會像對待親人一樣地對待你。」

多半我的病人會很感激地也握緊我的手。從心電圖監視器上很清楚可以看見他們的心跳漸漸慢了下來，血壓也不再那麼高。我從靜脈導管輕輕地推入麻醉藥，讓他們安心地睡著……

做完這一切，難免得到護士小姐的冷嘲熱諷：

「你可以放心地把生命交給我們……哎喲，肉麻死了！八點檔超級文藝愛情連續劇搬到開刀房來了喔！」

其實我還滿自得其樂的。從病人的觀點，不管他過去經歷過再大的場面，進開刀房開刀總是人的一生中最徬徨無助的時刻。這個時候，哪怕我的對白再爛、再陳腔濫調，我相信對病人都是很受用的。

當然，我的演出難免也有遭遇挫折的時候。我最糟糕的經驗是一個準備接受麻醉手術的小女孩。

「這一切都很簡單，等一下妳會睡著，像睡美人一樣，過了不久，會有個王子來看妳，他輕輕地吻妳一下，妳就醒過來了。」

在我那麼優雅地講完了睡美人童話故事之後，小女孩精靈地轉動著眼珠子，警覺地看著我說：

「我告訴你喔，如果那個王子是你，我不要。」

16

開始對我的演出風格產生一點點不安，是在跟死神正式打過幾次照面之後……

有一次，我被心臟外科總醫師會診到急診室去做緊急插氣管內管的程序。由於病人看起來有明顯的呼吸困難，時間太緊迫了，我顧不得讀病歷就先行動手插管。等做完處理後，開始翻閱病人的病歷，才發現這個病人是一個急性心臟衰竭的病人。我捏了一把冷汗，剛剛做的動作只要稍有差錯，病人就可能因為心跳加快及血壓升高，當場致命。

「為什麼剛剛沒有人告訴我病人是急性心臟衰竭？」

「我們寧可你不知道。」心臟外科總醫師告訴我，今天晚上稍早，另一個急性心臟衰竭的病人，因為插管的關係，當場心臟衰竭惡化，已經過世了。

我忽然有種受到陷害的感覺，抗議說：

「喂，你們外科又不是不會插管，像現在這樣把燙手山芋亂丟，太不公平了吧。」

「至少對病人是公平的，」總醫師苦笑著說，「我們得找一個沒有情緒，不會手軟的傢伙來插管才行。」

我笑得更苦。我忽然認知到，很多時候，病人的死活，與其說操在我們的手裡，還不如說操在命運的手裡。老實說，這樣的認知並不好受。

我忽然想起當我還是新進的麻醉住院醫師時，在開刀房經歷過一次心肺復甦急救。我親眼看見當時負責急救的主治醫師抓住一個實習護士說：

「妳去手術室門口禱告。」

「禱告？」實習護士顯然和我一樣，覺得他在開玩笑。

沒想到這個主治醫師一臉嚴肅地說：「快點，現在就去。」

「可是，」實習護士問，「我該向誰禱告？」

「妳信什麼教就去跟什麼神祈禱，快點，」主治醫師一臉嚴肅，「要誠心誠意，千萬不要開玩笑。」

過了很久以後，我私底下問他：

「我不懂，急救的時候，你為什麼要派一個護士去門外禱告？」

匪夷所思地，他竟告訴我：

「我們救病人，全靠誠意。我們有誠意，病人就活，我們沒有誠意，病人就完蛋了。」

我被這一番「誠意說」說得目瞪口呆。問他：

「我們受了這麼久的醫學教育，結果還要靠誠意來治療病人？」

他神秘地笑了笑，對我說：

「你得承認，我們這一行，不明白的事情實在太多了。」

說來好笑，這樣的無力感發生在很多醫生的身上。我經歷過最諷刺的一次是在加護病房內的一個病例。神經內科、外科、麻醉科、心臟外科以及加護病房各科總醫師都到了，試過所有的方法，仍然沒有辦法把病人的血壓有效地拉上來。我們幾個醫師束手無策，面面相覷。

「現在該怎麼辦？」

「到外面走廊去喊救命吧。」有個人淡淡地說。

問題是我們本身就是要救命的人。救命的人是沒有資格喊救命的。

我變成了主治醫師之後更是落入了這樣的處境了。儘管我的位置很虛榮地代表了知識與經驗的累積，可是知識與經驗是那麼地有限，苦痛與無知卻是永遠地無邊無際。

我曾經在一個禮拜之內有七、八次急救的經驗。當一切的努力都做過了，到了最後的時刻，整個醫療團隊望著我，問我是否再做一次電擊。儘管我總是表現得堅毅而有決心，可是老實說，我並不真的知道，再一次的電擊之後，為什麼這個人會復甦，那個人卻死了？

沒有人能真正地回答。

隨著醫療經驗的增加，這樣不安的氣氛不時存在著。很多時刻，我就在這樣的氣氛裡，經歷著一次又一次的病例與急救。

很久以後，我又在做同樣的事情。那時候，正好有個愣頭愣腦的實習醫生礙手礙腳地在忙亂中纏著我，不斷地問我他可以做什麼。

不知道為什麼，當時我竟脫口而出：

「去門外禱告好了。」

17

對於剛起步的醫師而言，類似的不安難免，像是每個小孩都必須出疹子一樣，醫療內部的專業文化自有一套方法安撫這些年輕的心情，讓他們免疫。

那時候，我開始在產科麻醉值班，常常有機會在清晨碰到一生下來就呼吸窘迫的新生兒，必須緊急插管。通常新生兒的缺氧耐受性很低，幾十秒鐘之內如果不能及時完成插管，就無法挽回了。因此這類的插管，總是教我雙手發抖，患得患失。

「你千萬不能當他是一個嬰兒，就當成一件事情好了，不要和什麼性命啦、人命扯上關係。」開始有資深同事對我曉以大義。

「可是那是一個活生生的嬰兒啊！」

「那是在你插管成功的前提之下啊！如果你的任務沒有完成，他就是一個死嬰兒，和人命就真的沒什麼關係了。」

「因此我才擔心啊！」我說。

「喂，大家對你的期望很簡單，完成任務，此外，沒有別的了，可沒有人期望你負責擔心或者同情心什麼的，」他冷酷地說，「你冷酷無情，沒良心地把病治好了，大家都感謝你。你充滿愛心、同情心，卻治療失敗，他們照樣去告你。」

他舉出了許多的醫療糾紛的故事來佐證他的說法。

這些說法聽起來雖然奇怪，但是我立刻發現這樣的思考方式有助於我專注的程度。我試著忘記那是一個嬰兒，也不再想到他的母親、父親的臉孔或者任何相關的事情。我只是使用咽喉鏡，直截了當地插管，完成任務。我的手不再不自主地發抖。不久，我就可以不在乎嬰兒的死活，自在地完成任何困難插管，收放自如了。

如果我在臨床醫學上帶著一點成熟醫師的姿勢，我相信是那之後開始的。往後日子裡，我不曾在新生兒插管上犯過任何錯誤。

資本主義有種弔詭的說法，認為當大家都努力地爭取自己的私利時，市場就會有一隻看不見的手，推動整體的利益。我們在醫學界也有許多人相信：當一個醫生愈客觀、理性、無情、殘忍時，那隻看不見的手，就會讓病人獲得最大的利益。

我在醫學中心工作，漸漸成為這種想法的擁護者。我甚至排拒不同的想法。好比說，老是有一些熱心的義工或者是宗教人士，試圖要說服癌症患者只要有信心，就可以把病治好；總是鼓勵病人試試這個、試試那個偏方，一大堆和醫學治療完全都沒有關係的方法。對於這類的事情當初我很不以為然，老實不客氣地說：

「生存意志根本不能對付癌症，很多人有強烈的生存意志，結果還是死了。相反地，再沒有生存意志的人，只要找到對的醫療方式，他的癌症還是可以治好的。」

現在想起來，覺得有點不可思議，我竟然說出那麼冷酷無情的話，可是當時的我卻覺得理直氣壯。

那時候我甚至決定親自出馬替親愛的老婆做剖腹產麻醉。因為我覺得一個醫師如果無法把自己從對親人的情感抽離開來，那麼他的專業根本是禁不起考驗的。當我冷淡地用著專業術語與程序進行麻醉時，有同事看出了我冷酷的模樣，取笑我說：

「替自己的老婆麻醉還這麼專業，一定是個沒良心的傢伙。」

這個奚落立刻引發了同事間的一陣笑聲。老實說，我在笑聲中一點都不覺得難堪，甚至有幾分得意。我們之間似乎有種特別的默契，明白那是再誠懇不過的讚美了。

18

我和我的新觀念相處得不錯，很少有事情能夠真正挑戰我的鐵石心腸。當然，如果你一直保持冷酷，偶爾還是不免有一些令人不安的場面發生。然而，大部分的時候，我要不是因為對全面性的醫療文化無能為力而袖手旁觀，再不然就是讓這些短暫的不愉快融解在更多繁忙的行程、更繁重的病例裡。似乎只要你保持足夠的忙碌，這些不舒服，很容易就顯得渺小而微不足道了。

有一天，一個被宣判腦死的病人很善心地捐出了心臟、肺臟、腎臟以及一對眼角膜。我被委派負責這個捐贈病人的麻醉。一般死亡的定義取決於心臟停止跳動。可是腦死的捐贈者因為心臟還繼續跳動著，因此身上器官能得到足夠的血液循環，最適合捐贈。

我記得很清楚，捐贈者是一位因公殉職的年輕警員。是由護士小姐以及他的太太護送進入開刀房。病床還擺了一台小小的錄音機，播放著鄧麗君的歌聲。

「可不可以讓他聽音樂？」病人太太一進來就問我。

我輕輕地點了頭，注意到這個太太正懷著身孕。

病人的體型很壯碩。我們花了一點力氣才把他從大推床搬到手術檯上。我順手接過錄音機，把它放在枕頭旁，讓音樂繼續播放。從頭到尾，病人太太一直牽著先生的手，不停地靠在他的耳邊說話。

我迅速地替病人接上了心電圖、血壓、血氧等監視器，音樂的背景開始有了嘟嘟嘟的心跳聲。做完這一切，我抬頭看著病人太太，問她：

「妳要不要暫時出去外面等他？」

她點了點頭，可是並沒有要離開的意思。她緊緊地抓著病人的手，另一隻手則不斷地來回撫摸他的臉。

我們很能理解這一別可能就是永別了。大家都很莊嚴地在那裡站了一會。開刀房裡只剩下病人枕旁錄音機傳出來的鄧麗君的歌聲，以及心電圖儀嘟嘟的心跳聲音。

眼看著時間一分一秒地過去，我只好走過去，拍拍病人太太的肩膀。

「對不起。」她回頭看了我一眼，微微倒退了兩步，仍然不肯放開手，依依不捨地看著她的丈夫

「張太太。」我輕輕地說。

「對不起。」她終於鬆開手，又倒退了兩步，可是定定地站住不動，兩行眼淚沿著她的臉頰流了出來。

有個隔壁房的外科醫師跑過來，粗暴地喊著：

「你們到底在幹什麼，拖拖拉拉的。難道你們不知道隔壁的病人在等嗎？」

病人太太受到驚嚇似地，又倒退了兩步，終於哽咽，泣不成聲。一個護士小姐趕快跑上前去抱她，又拖又拉的，好不容易終於把她拖離了手術室。

手術室的自動門輕輕地關上。

當我開始為病人麻醉時，總覺得有種說不出來的不對勁。平時我為病人麻醉，我很清楚地知道我將照顧他們，直到他們甦醒。可是這次的麻醉，我知道他再也不會醒來了。這種感覺很糟，彷彿我執行的不是麻醉，而是某種類似死刑的程序似地。

一切就緒之後，外科醫師用很快的速度取走了他們需要的眼角膜、腎臟，最後是心臟、肺臟。等到他們最後把病人身上的心臟、肺臟也一併取走時，我甚至連呼吸器都不需要了。心電圖儀上變成一條直線，不再有心跳的聲音。空氣裡，除了錄音機播放的歌聲外，似乎一切都安靜下來了。

甜蜜蜜，你笑得甜蜜蜜，好像花兒開在春風裡，開在春風裡。在哪裡，在哪裡見過你，你的笑容這樣熟悉，我一時想不起。啊！在夢裡，夢裡夢裡見過你……

「現在該怎麼辦？」麻醉護士問我。

鄧麗君的歌聲沒完沒了地迴旋著。那時候，我忽然有種從未有過的茫然。在死神的面前，我像個聚光燈前忘了台詞的演員，我的醫療知識、優雅風範，全都派不上用場……

我好久才回過神來，感傷的說：「把錄音機關掉吧。」

等我們清理好病人、移床，把病人送出手術房時，病人已經完全失去了體溫，只剩下一個冰冷的屍身了。

果然一走出開刀房的污走道，迎面而來就是挺著大肚子的病人太太，以及隨後的老先生、老太太，以及抱在老太太懷裡病人的另一個小孩。先是病人太太淒厲的哭聲，接著哭聲驚動了老太太懷抱裡的小孩，也跟著大聲地啼哭了起來。

我試圖著保持冷靜中立，或是維持某種專業的疏離。可是這一次，我似乎被逼到了某個無法還擊的角落。大人小孩的哭喊聲音瓦解了我某種專業的外殼。

我無助地掉入了人生赤裸裸的真實中，內心隨著哭聲一陣一陣地抽搐。

19

後來我升任了主治醫師。當我第一次穿上嶄新的白色長袍，感到非常得意。在我們的領域裡，白色長袍是知識與權威的象徵，對一個醫師意義非凡。

我有一個黑板，寫著不同病人的名字。護理站的黑板如果病人的名字被擦掉了，通常表示這個病人康復出院了。可是，我的黑板全是需要長期使用止痛藥物的末期癌症病人名字。因此，我的黑板上如果有人的名字被擦掉，多半表示這個病人已經過世了。

那時候我剛升上主治醫師不久，急於建立自己在這個領域的權威。我總是糾集許多住院醫師或實習醫師，穿著白色長袍，帶著他們到病房去迴診。

那個孩子是我當時的病人，同時也是我的讀者。我記得第一次見面，他就問我：

「你在短篇小說集裡面，那篇〈孩子，我的夢……〉，為什麼時間是倒著寫的？」

「因為那個孩子是血癌的病人，時間往前走，病情惡化，愈寫愈不忍心，」我告訴他，「有一次我突發奇想，我可以把時間倒著寫，這樣小孩就可以康復了……」

「我想的果然沒錯。」他露出了微笑，伸出他的手，「很高興看到你。」

「怎麼了？」我握著他的手，好奇地問。

「沒什麼，」他喜孜孜地說，「我很喜歡你寫的作品，你證實了我的想法，最好的東西其實是在文字之外的。」

我們聊得很好，也聊得很多。我必須承認，我有點偏心，喜歡到這個小孩的病房去查房。當然，除了作品被理解的喜悅外，我開的止痛藥物每次都在這個孩子身上得到最好的反應也是很重要的原因。這個孩子總是很神奇地印證我的治療理論與止痛的策略。

孩子的家屬歡喜地對我說：

「他看到你來特別高興。同樣的藥明明別的醫師開過了，可是只要是你開的，對他就特別有效。」

他的病情改善使我很容易在大家面前建立專業的權威感。每次我帶著住院醫師及實習醫師迴診，總是會特意繞到他的病房去，意氣風發地進行著我的臨床教學。雖然我注意到他愈來愈衰弱，可是他在疼痛控制上的表現從來沒有讓我失望過。

我有各式各樣的病人，當我們變成好朋友時，病人總是跟我談他們的人生經歷以及生病之後對生命看法的改變。我和這個年輕的病人共度了一些美好的時光。我可以感覺到他的情況愈來愈衰弱，可是我總是帶著大小醫師們去迴診，開立止痛藥方給他。不管他的情況再差，他從不吝於稱讚我的處方對他病情的改善。

那個孩子臨終前想見到我。我已經忘記那時候在忙著什麼更重要的事情（我甚至不記得那是什麼事情了），我接到病房的傳呼時，以為只是普通的問題，我可以忙完後再過去處理，沒想到竟然錯過了他的臨終。後來我知道他已經過世時，有種愴然的心情。

後來我見到孩子的父母親時，他們並沒有說什麼。可是他們有種失望的眼神，好像對我說著：

「我們曾那麼相信你的……」

那樣的眼神對我來講很沉重。我知道在我們之間，有些什麼也跟著死了。我說了一些安慰的話之後，決定要離開了。那時候，孩子的父母親叫住我，拿出一大包東西來。

「這是我們在他臨終之前答應他，要親手交給你的東西，」孩子的母親把東西交給我，「他不准我們拆，也不准別人看，要我們直接交給你本人，我們不曉得那是什麼，不過他臨終前還一直在提，我們猜想那應該是很重要的東西。」

我接過那一大包東西拿在手上，輕飄飄的，一點都猜不出可能是什麼東西。等我回到辦公室，好奇地拆開包裝，最先從包裝裡掉出了幾顆止痛藥丸，等我把整個包裝拆開，立刻發現一整大包小孩留給我的東西，全部都是止痛藥丸。

我很快明白，為什麼這個孩子急於在臨終前見到我了。原來這個孩子一顆止痛藥都沒有吃。為了替我維護尊嚴，他想在死前偷偷地把止痛藥還給我。

這個孩子因為喜歡我，希望我一次一次地去看他，因此才有這些迴診。既然他忍痛不曾吃藥，我也就從來不曾在醫學上真正地幫助過他。原來那些讓我得意洋洋所謂成功的治療策略、藥物處方以及疼痛的改善不過是那個孩子對我的鼓勵。從頭到尾，我竟然利用我的醫學權威，不斷地從這個孩子有限的生命需索更多的信心與成就感。我恍然大悟，是這個孩子用他僅有的生命力，支持著一個年輕主治醫師貪婪的不成熟與驕傲。

這件事給我很大的衝擊。我發現，當我還是年輕醫師時，我曾經覺得不舒服或者試圖抗議過什麼，可是不知不覺，我自己已經變成這個理性的專業體系密不可分的一部分。

不知道為什麼，病理學教授吞雲吐霧的模樣和他的笑容又開始浮現在我腦海裡。或許那樣的笑容曾經許應過我們某種可以睥睨一切，可以戰勝死亡與苦痛的知識與權威吧。我曾用著多麼仰慕的神情看著老教授，渴望擁有知識與專業，並把一切的苦難都踩在腳下。可是隨著歲月流逝，我理解到那只是某種一廂情願的假設罷了。知識與專業往往不是疾病與死亡的好對手。

說來有點荒謬。日復一日，我努力地學習著那些優雅的姿勢與風範，竭盡所能地治療著我能夠治好的疾病。我不知道哪裡出了問題，最後，我發現自己竟只變成了一個無情自私，只看到自己，卻看不到別人的醫療從業人員。

20

最糟糕的時候，曾經有一個禮拜，在我們小兒心臟外科的高難度手術中，連續四個小孩過世了。那真是令人難以承受的一個禮拜。我記得每天一大早，我抓著小孩要打針，小孩哭著嚷著：

「不要，不要……」

我們抓住了小孩，在手臂上打了針，我是那個讓他失去意識的人。從此那個小孩沒有再醒來過。連續過世了四個孩子，我碰到第五個小孩的時候，他睜著圓滾滾的眼睛望著我，告訴我說：

「我不要打針。」

無論如何，我再也無法對他注射麻醉藥。

那是我第一次為了說不出來的理由請假。那個上午，我漫無目的地在學校走著，坐在廣場上吹著風，看著年輕的孩子走來走去。那麼簡單地看著陽光照在那些青春的臉龐上，說著、笑著，我就莫名其妙地覺得很感動。

我在那樣的情況下，開始又有了寫作的衝動。像被什麼魔力吸引住似地，我一有空就在家裡埋頭寫東西。當時一些受到歡迎的作品，像是《親愛的老婆》、《大醫院小醫師》、《頑皮故事集》或者是《離島醫生》等一系列快樂的作品，多半是這樣完成的。這些書一本一本地進入暢銷排行榜，把我的知名度推到某種高度，甚至改變了我的人生，這些都是最初沒有料想到的事。

在那樣的氣氛之下，那些作品似乎是快樂得有點近乎瘋狂。可是它就這樣產生了。

我一點一滴地寫著，那些童年往事，關於鄭佩佩、再送一包、冰棒、投稿、編刊物……那個愛把世界搞得雞飛狗跳的小男孩，或者是更多類似興致勃勃的心情與生命力開始浮現出來了。

我就在那樣的感覺裡，一字一句地寫著。不知道為什麼，那給我一種安心的錯覺。彷彿不管發生了再壞的事，只要我還繼續寫著，就沒有什麼好真正擔心的。

第三章

希臘神話中有個大盜名叫普洛克拉斯提茲。這個大盜攔劫過路行人，把人騙到家裡，百般嘲弄。他著名折磨人的方法是一張鐵床。所有被強迫躺到鐵床上的路人如果身高比鐵床長，他就將「多餘」的部分鋸掉；身高如果比鐵床矮，他就將之拉長。我的處境有點像是躺在這張鐵床上的路人。

21

我第一次見識到大眾傳播的威力是電視。當時台灣的電視只有三台，高達百分之三十以上的收視率並不是什麼奇怪的事——這至少是目前最熱門的節目收視率的好幾十倍。有一次，我被安排參加一個知名的談話性節目，因為那時候我寫的《親愛的老婆》正暢銷，因此被安排和另外一個女性經理人對談兩性話題。和我對談的那個女生國語不是很好，因此足足有二十分鐘我一個人必須說學逗唱，幾乎是獨撐全局。那時候我並不覺得電視有什麼了不起，把節目當作是在家裡的客廳聊天，開了很多玩笑，也講了很多平時很少在電視出現的道理。

二個禮拜之後，當我幾乎忘掉這件事時，預錄的電視節目在全國的電視網播了出來。我記得節目才一播完，我的母親就打電話來說：

「你上電視了，你知不知道？」她顯得很興奮，「很多親戚都看到了，打電話來跟你爸爸和我恭喜。」

「為什麼恭喜？」

說真的，我不懂。這只是上電視，又不是出席去領諾貝爾文學獎或醫學獎。我這輩子花了力氣做過不少更重要的事，諸如考上醫學院、拿到醫師執照、出版第一本新書，或者追上雅麗，終於要結婚了。印象中我的親戚們從不曾那麼興奮過，非得當場打電話向我的父母親恭喜不可。

「大家都看到了啊！我們的家族終於有人上電視了，他們都引以為榮。」

我本想繼續爭辯，可是母親的聲音那麼地愉快，顯然我不適合太殺風景。

隔天開始，情況更加激烈了，一連好幾天，不管我跟對方熟不熟悉，只要他們一見到我，都很樂於向我提起：

「我前幾天在電視上看到你……」

起初，我不理解別人怎麼看待這件事情，顯得有點驚慌失措。我的小兒子坐飛機第一次碰到亂流時，也是這樣的反應。後來他看到大人們都很安心地看著報紙，他才決定安靜下來。我的情況也差不多，我發現大家都把它當成一件值得高興的事情，似乎我也應該順應民意，作出正確的回應才對。

漸漸，邀請我以作家的身分去參加演講、出席座談會、接受採訪或者廣播、電視節目的通告愈來愈多。回想起來，當時的我有點像是掉到童話世界的夢幻奇境一樣，對眼前的世界充滿了探索的好奇，因此對於這類的邀約一概來者不拒。當然，我並沒有預期到這個夢幻奇境的魔法，將會對我的生命造成什麼樣的改變。

我開始從書本上那幾行作者簡介跳出來，變成了活生生可被辨認得出來的作家。最先出現的怪事是：路上的陌生人開始跟你打招呼了。他們不但跟你打招呼，有時還能夠談論你生命中的某些細節。在我有限的人生裡，這種現象是從來不曾發生的。

糟糕的是，不管你滿不滿意，並沒有一個按鈕，或者回復鍵，讓這樣的現象停下來。隨著我涉入的媒體多樣性，這樣的關係愈來愈複雜，你可以感受到一種說不出來的不真實，可是卻又那麼地逼真。我周遭的人，各自擁有一部分對我的認知，可是我完全搞不清楚那樣的認知來自哪裡。

我就有一個病人靠著收音機中的廣播認識我。在這個病人手術麻醉前，我站在她面前，自我介紹說：

「妳好，我是侯文詠，妳的麻醉醫師。」

「我不知道你是長這個樣子，」她用很陌生的表情打量著我，「拜託你再多說一些話，好不好？」

我重複了一次自我介紹，說得更長了一些。這次她閉上了眼睛，聽著我說話。大約過了三十秒左右，她終於把眼睛睜開。

「是這個聲音沒錯。」

像通關密碼一樣，我的聲音通過了她的檢查，她放心地把連著靜脈點滴的手交出來，讓我麻醉。我不知道她相信了我什麼，可是我們必須靠著廣播上那個聲音連繫。我得有能力複製那個聲音，才能證明我自己。

這樣的被指認是不限方式、對象、時間、地點的。常常我走在馬路上、電影院、路邊攤或者是交通違規、上廁所時，忽然就被指認出來了。你完全不知道是名字、聲音、長相或者是哪部分被指認出來，是哪部分通過了通關密碼。你甚至無法預期通過了密碼之後，對方會有什麼樣的反應。

對我來說，這樣的人際處境有點難以適應。每天那麼多和我打招呼的人，有些是我的朋友、親戚，有些是同學、舊識，有些人則是聽眾、觀眾、讀者甚至是患者，我很難一下子弄清楚我們之間的關係，並且作出正確的回應。

有一次，一個看起來似曾相識的人在門口叫出我的名字來。

「請問你是侯文詠嗎？」

我點了點頭。這個人認識我，可是我還搞不清楚他是誰。

「你看起來很面熟。」我試圖拖延時間好在出糗之前弄清楚我和他的關係。

「你就是侯文詠？」他好奇地問。

「你從哪裡認識我的？」從書本？報紙？網路？廣播？電視？我想，我會那樣發問，應該是帶著一些虛榮的。只是，他的回答有點出乎我的意料。

「這上面有寫你的名字，」他指著有線電視收費單，用一種不在乎的職業表情問，「你打算月繳還是季繳？」

22

我原來工作的醫學界，有種保守、低調的傳統。除非你得到了某種專業上的肯定，爬到了主任、教授這樣的位置，否則，你就沒有對外發言的資格。任何違背這個傳統在傳播媒體上出風頭的人可能意味著浮誇、隨便。

有一次，醫院的高層就找我去懇談。我的長官說：

「我們最近和人事行政局開會，希望他們能夠給我們更多的人手、更好的待遇……」

「是。」老實說，我不知道這會和我扯上任何關係。

「我們告訴人事行政局，我們的醫師、護士，所有的工作人員都努力，也很累、很辛苦，應該給他們一些實質上的鼓勵與待遇調整……」

「當然。」我說。

「人事行政局的長官很不以為然，會議中有個人說：你們的醫院有個侯文詠醫師，他可出名！既然他有那麼多時間寫文章，還上電視、廣播節目，我看你們的醫師不太辛苦、也不太累吧……」

「可是，我利用的是自己休假的時間。」

「節目不一定在休假的時間播出，大家也未必都是休假的時候看書……一般人並不了解這些細節。」

雖然我的長官試圖繞圈子，可是我明白了他的意思。都怪我愛出風頭，害了大家。

如果可以的話，我相信他一定想直截了當地這樣罵：

「為什麼你非惹出這麼多麻煩不可？你難道不能像別人一樣，乖乖地做你該做的事，好好地保持成功並且受人尊敬嗎？」

曾有一位訪問我的記者，開門見山就問：

「你知名度累積這麼快，老實說，你一定很得意吧？」

那傢伙有點不懷好意。他希望看到的是一個暴發戶似的暢銷作家，被名氣沖昏了頭，甚至多一點誇張的姿勢好讓他寫下一個有趣的故事，或者是類似的報導。可惜這個記者只看到風風光光的表象，任何一個新聞工作者只要花點功夫做點背景研究應該不難理解，我在那樣的位置其實是脆弱得不得了的。知名度簡直是抱在懷裡美麗又高貴的定時炸彈。

我記得在我參加麻醉專科醫師的審核考試，最後一關的口試中，有一位委員最後半開玩笑地問我：

「你寫作這麼暢銷，版稅收入這麼豐富，大概不太需要這張專科證書吧？」

說真的，這個帶著輕蔑意味的問題差點讓我從椅子上跌了下來。

我有點訝異，這一切，彷彿時光倒流，我又回到了那個下午，當級任老師發現我在銷售自寫自編自印的《兒童天地》時，一模一樣的輕蔑與嘲笑中。

「你這麼聰明，為什麼不做點別的更有用的事？」

23

我搭著順風車，書本一路暢銷。一會兒被選入年度傑出成功人物，什麼青年才俊，又是什麼年度暢銷作家、最有影響力的書籍、最受歡迎的風雲人物。也有商業雜誌分析我是如何成功地使用媒體及公關策略，創造了生涯……這些完全都超乎了我能控制的範圍。

有一次，我接受了一個報紙採訪，隔天我在報紙上看到我的照片和那篇專訪。那篇報導興致勃勃地發現了一個不出世的年輕天才作家。這個作家幾歲就開始作文章，幾歲讀完了《紅樓夢》，幾歲讀完了《張愛玲全集》，他又是如何的天才地以高分輕易地考上醫學院，如何輕鬆地一面行醫、一面寫作……

除了相片以及我的名字之外，我簡直無法辨認專訪裡面描述的那個人了。一定要說實話的話，我從來不是什麼天才作家。我的作品不夠好，從小不喜歡《紅樓夢》，更沒有讀完過全部的張愛玲。我卯足全力，好不容易才考上了醫學院，目前正灰頭土臉地當著麻醉醫生，還妄想寫作……一點都不輕鬆。

我試圖透過編輯朋友，小小地抱怨了一番，沒想到我的抱怨完全無法被接受。

「他寫的全部是好事，你要感謝人家都來不及了……」我的朋友說。

「可是那不是我。」

「對觀眾而言，不就是看個報導嘛，誰那麼在乎。」

「問題那個故事是假的啊！」

「你說，這裡面的人，他們講的話，有多少是真的？」他指著報紙的政治版說，「你不用擔心，大家習慣了，沒有人會因為一篇報導而受騙上當的。再說，真實的人多無聊啊？你說你看不完《紅樓夢》，又看不完張愛玲，你的生活一點都不輕鬆，我問你，誰不是這樣？你把這種平淡的故事寫在報紙上，誰理你？」

「所以他們替我吹牛？」

「大哥，想進這個圈子的人多的是，從政治、商業、新聞、文化、廣告、傳播影視界……到處都是，可沒有人拜託你來這裡攪和。這裡有這裡的規矩，這些規矩也有這些規矩的道理，如果你不喜歡，大可不要宣傳，也可以不要寫作，」他攤開雙手無奈地說，「所以我說啦，人家寫的全部是好事，你要感謝都來不及了……」

我的朋友的恫嚇發揮了一定的效果，畢竟人家是善意的。

那時候我必須拍宣傳照。化妝造型師一邊梳妝打扮，一邊自信滿滿地說，這次保證要把你弄得迷死人，好像成功地欺騙了別人是他們最主要的職責似的。等照片出來了，大家都很滿意，覺得效果很好，一點都不像我。

我的照片被到處刊在雜誌明顯的地方、在全版的報紙廣告、在書店的大型看板……有時候我從看板走過時，一種罪惡感油然而生，我很怕忽然有個人看不下去了，跳出來指著說：

「內容物與標示不符。」

為了緩解這樣的罪惡感，每次我在現場演講，都會主動招認有人看到我的感想是：幻滅是成長的開始。這本來是一種自我解嘲的方式，可是這個自嘲變成了一個受歡迎的笑話，藉著這個笑話，我反而得到更大的掌聲。似乎大家都覺得那是理所當然的落差，沒有人在乎。這很可怕，你愈試圖表現誠實，那個充滿謊言的世界立刻用力把你拉了回去，讓大家為你的誠實讚歎、鼓掌。

不斷地有一些節目或者訪問，很客氣地請教我：

「怎麼樣才能維持良好的婚姻？」

或者是，怎麼樣才能成功？怎麼樣才能有效率地利用時間？

老實說，我根本沒有好的答案。好像是如果大家認識你了，你也曾經以學者專家的身分回答過別的問題，似乎你就應該有一些生命的秘訣可以告訴別人似的。

我只結過一次婚，怎麼可能會有什麼了不起的經驗跟見解？如果到現在為止我對自己的婚姻還覺得滿意的話，很大部分的原因是來自幸運。我不知道如果換了一個環境、另一種組合，我會不會還能維持良好的婚姻？

其他的問題也都差不多。可以確定的是，我沒有什麼魔法變出新的時間來。生命中最現實的就是時間，你得自己決定優先次序，什麼對你是重要的，什麼不是，你得選擇，沒有什麼好方法可以滿足你所有貪婪的欲望。我自己什麼都想做的結果，就是灰頭土臉。至於成功，我更懷疑了，我所經歷的是所謂的成功嗎？這是我真正要的嗎？

很顯然，這些不是大家想聽的答案。有一次，我決定在節目中實話實說。我記得我才講了一半，就聽見現場人員的耳機裡，很大聲地傳來主控室導播的聲音。

「拜託你們誰去和他溝通一下，他知不知道他自己是學者專家？像他這樣什麼都不確定，算什麼專家呢？」

24

希臘神話中有個大盜名叫普洛克拉斯提茲。這個大盜攔劫過路行人，把人騙到家裡，百般嘲弄。他著名折磨人的方法是一張鐵床。所有被強迫躺到鐵床上的路人如果身高比鐵床長，他就將「多餘」的部分鋸掉；身高如果比鐵床矮，他就將之拉長。

對我來講，我的處境有點像是躺在這張鐵床上的路人。不管是從醫學的角度或者文學傳播的角度來看，我要不是太高，就是太矮了。像是某種報應似地，每次我都得扭曲自己一點點（不管是鋸掉或者拉長），好配合那張床。我的情況有點尷尬，一方面我並不覺得舒服，可是從另一個角度來看，大家都恭喜我成功了啊！成功一點都不值得同情。

那時候我在想，或許我還不夠成功。我激勵自己，不但做更多，還要更好。我花更多時間，咬緊牙關多寫作、多演講、多看病人、多做研究、多寫醫學論文、考進研究所、多做實驗。有一陣子，我桌上的座右銘就寫著：

Do better to be equal.

（你必須做得更好才有機會平等。）

我的想像是，如果我更有成就、爬到更高的位置、得到更大的權力，大家應該會更有意願配合我的想法，或許我的困境就能夠迎刃而解。

這樣做的結果，我在很年輕的時候就變成了主治醫師，進入研究所攻讀博士，一路升等。我被指派參與總統醫療小組的工作，愈來愈多的新書進入暢銷排行榜，被邀請主持、參與各式各樣的電視、廣播節目。我愈發努力，結果我有了更多的邀約、門診、更多的醫學論文發表、實驗室的工作、開刀房的工作，以及醫學院的學生和課程……

我忙得團團轉。那時候，我的研究助理必須為我準備便當。我總是站著吃便當，拿著便當走來走去，接電話、指示一些未完成的事情。往往飯吃到一半，被別的事情打斷，又放下了便當。打斷我的事可能是開刀房的病人，可能是病房的病人，也可能是實驗室用的老鼠來源有問題……等我處理完，我又忘了原來的便當順手丟在哪裡了。更糟糕的是，有時候我根本忘記我到底吃過飯沒有。有一次，他們開玩笑要我猜中午吃過的便當裡面都有什麼菜，除了米飯之外，我竟然一樣都猜不出來。

我吃飯沒有滋味，活著也沒有太多心情。生活好像永遠有追不完的行程，一個接著一個。印象中我總是在遲到、取消行程、打道歉電話。我知道有人接受我的道歉，有人不肯原諒我，可是我無可奈何，不願、不能，也無力改善。

有個關於兔子的無厘頭的笑話是這樣的：

一隻不識時務的兔子蹦蹦蹦地跑到藥房去問老闆：

「老闆，請問你們賣不賣紅蘿蔔？」

「不賣。」老闆說。

兔子有點失望地離開了。可是第二天，牠蹦蹦蹦地跑來了。

「老闆，請問你們賣不賣紅蘿蔔？」兔子問。

「要告訴你幾次？」老闆不高興了，「我們是藥房，不賣紅蘿蔔！」

第三天，兔子蹦蹦蹦又跑來了。

「老闆，你們賣不賣紅蘿蔔？」

「你煩不煩啊？」老闆簡直頭上要冒煙了，「你再問，我就拿剪刀把你頭上那對大耳朵剪掉！」

第四天，總算沒有了兔子的蹤跡。老闆的臉上展露出難得一見的笑容。可是第五天，蹦蹦蹦，兔子還是來了。

「老闆，請問你們賣不賣……」這次兔子比較謹言慎行了，「剪刀？」

「剪刀？不賣。」

「很好，老闆，那……」兔子又問，「請問你們賣不賣紅蘿蔔？」

我差點被這個笑話笑得逼出眼淚來，這隻兔子實在是太無厘頭又太瘋狂了。

糟糕的是，我的情況並沒有比那隻兔子好到哪裡去。不管我說什麼，那些瘋狂又無厘頭的兔子愈來愈多，牠們固執地在我的藥房出現，問我要更多的紅蘿蔔。

呵，那些不同滋味的紅蘿蔔：金錢、成就、名利、勝利、征服、控制、擁有、被尊敬、崇拜……

我一點都不知道什麼時候兔子們在我的內心長得這麼大了。我還記得那個下午，當老師用那個不解，又諷刺的表情問：

「你這麼聰明，為什麼不做點別的更有用的事？」

那時我第一次遇見了兔子，牠們還小，我開始餵養牠們。兔子們吸取各種養分，從國中貼著三吋照片的榮譽榜上；從看見被體罰的學生身上；從對我呵護有加，說著「自己身體要照顧，別讀太晚了喔。」的教官身上；從我的父親「我有沒有看錯，是第一名，還是第三名？」的言語間；從我自己的恐懼、好勝、虛榮之中，牠們不知不覺地茁壯、繁殖，不停地來敲著門問：

「請問老闆，你們有沒有紅蘿蔔？」

「我們不要紅蘿蔔，因為紅蘿蔔並不會讓我們更快樂。」

「很好，老闆，那……」更多的兔子來了，牠們問著，「請問你們賣不賣紅蘿蔔？」

25

那時候，我忽然興起了一種念頭，想去看看我的讀者。如果這一切都因為我比別人多了寫作這件事，或許我就應該去看看我的讀者。我想知道，都是什麼人在讀我的書？他們為什麼讀我的書？他們用著什麼心情讀著我的書？我心裡期待著，也許看過了讀者，我會得到更多的能量。如此一來，當我不得不承受著這一切時，也許心裡會覺得篤定一些。這樣的想望愈來愈強烈，最後到了非做不可的地步。

於是我和出版社商量好了，趁著新書發表期間，卯起來全省走透透到處去簽名。那時候我有許多書本在各大書店的排行榜裡，全省許多書局也很樂意配合我的行程。我前前後後參加了將近四五十場簽名會，看了近萬個讀者。這些人有家長，也有孩子；有些人在工作，也有些人還是學生……他們請我簽名、與我握手，也有人要求與我合照。我握到一些冒汗、發抖的手，也握到一些尖叫的手。他們有些人告訴我為了參加簽名會，已經排隊等候了五、六個小時。也有人送給我許多鮮花、禮物和卡片。他們熟知我的人生細節，對我的成功很羡慕，也有人希望能向我學習……

我在高雄和鳳山的幾場簽名會甚至還出動了警察來維持交通秩序。當我坐在旅行車內，車子必須在人潮中困難而緩慢地駛離時，我忽然覺得有點恍惚。

我到底做了什麼事情換來這些熱情？我只是個平凡的人，有著一樣的生命限制無法超越。是我所寫的東西，讓他們覺得我和別人不同，因此我可能無視於這些限制嗎？或者我在各種媒體上的演出，符合了他們對於自己人生的某種期待？會不會那只是一種誤解？什麼時候那種誤解才能夠得到澄清？

我記得小時候和父母親到了別人家裡受到熱烈的接待，我們會有一種迫切，不管是邀請人家到家裡來玩，或者回贈禮物，用盡各種方式一定要回報別人這樣的熱情。只是，我隔著車窗望著那一張一張熱情的臉以及揮動的手，忽然有一種感覺，我恐怕這輩子都無法回報了。

我就是在那個時候，感受到了前所未有的不安。

26

我想起大學時代選修的日文課。那時候日文課老師是個老教授。他實在是太老了，因此他在台上咿哩哇啦地教，台下也就嘰哩呱啦地聊，沒有人真正在意對方在說什麼。好在老教授向來只考考古題，也很少聽過有人日文選修不及格，日子一向過得平安無事。

第一次期中考考日文平假名、片假名五十音，外加任何日文單字，寫一個加一分，滿分為止。我到了考試前一個晚上才開始抱佛腳。隔天考試，我不但把五十音全默寫出來，外加了許多單字，算算遙遙超出一百分了，才交出考卷離開考場。不到下午，我就把日文全都拋到九霄雲外了。

那次考試成績公布，我果然考了一百分。

不幸的是，老教授在期中考過後不久中風病倒了。學校從東吳大學日文系聘請來了年輕的副教授來代課。年輕的日文教授意氣風發，風格和老教授完全不同。他一到教室就試著跟我們用日文開始會話。

「嘰哩咕嚕，唏哩嘩啦爹斯咖？多佐。（請）」他隨意指定台下的同學，要他們回答問題。

指定了一、二個人之後，日文教授就發現事情不太對勁了。等到接連四個學生跟他雞同鴨講的演出後，他開始用中文發問了：

「你們是醫學系的學生沒有錯？」

全班都點點頭。表示我們是醫學系。

「可能台灣的學生太注重讀寫了，聽力、會話方面難免比較差，沒關係，」教授自我解嘲地說，「不如這樣，我們從讀、寫開始好了。」

他轉身在黑板上寫下了一個長長的句子，中間留下幾個填充的空格。老師回過身來，這次他顯然謹慎得多了，他翻開點名冊說：

「我們請期中考考一百分的同學來示範好了……嗯，這位，侯，侯文……」

教授話還沒說完，大家不約而同把目光投到我的身上。天知道我連五十個字母長什麼樣子都不記得了。

當時第一個浮現在我腦海的念頭是：士可殺不可辱。我鎮定地站起來，大聲說：

「報告老師，他蹺課，沒來。」

一時之間，班上響起一陣如雷的笑聲與掌聲。

27

很久以後，當我坐在廂型車內，面對著窗外揮手的讀者與人潮時，我的心中彷彿聽到了當時的那陣如雷的笑聲與掌聲，充滿了嘲笑與輕蔑的意味。

我在想，我過去所相信，或者是被說服，值得奮鬥的人生，都是為了邁向這一刻，或是類似時刻而假設的。我沒有想到，當我真正站在這個充滿了掌聲的場合時，卻發現這樣的生命是多麼地空洞。我體會到，不管我變成了主治醫生、博士、作家、教授……再多的頭銜，如果它們並不指向更深刻與愉悅的生命，那麼這一切，只不過是順應某種虛浮的價值所累積出來的廢墟罷了。果真如此，我那些像乞討者一般，不斷地需索更多的成就與榮耀的姿勢，又能給讀者什麼呢？

或許我的一生也像幾年前那次日文課吧。雖然有那麼多表面上風風光光的一百分，可是真實的內在卻那麼地不堪一擊（更不用說那些從表面一看就知道不及格的事情了）。我愈活愈覺得空虛。因此，每次被要求給答案時，常常有一種衝動，想像學生時代一樣，站起來大聲說：

「他蹺課，沒來。」

可惜人生不是那麼簡單的事情。

廂型車終於走出了人潮，順利地行駛在馬路上。我回頭望著背後漸漸遠去的讀者與人潮。

連續好幾天，我都想起在我身後遠離的人潮，同樣的那一幕。那時候，我開始懷疑發生在我身上所謂成功的這一切。

如果我真的那麼成功，為什麼大部分風風光光的事情背後，我要不是充滿了心有餘而力不足的無奈，就是做不好的自責？如果我竭盡一切，參加了我該參加的所有競爭並且完成了大部分的領先，為什麼我沒有得到應許的幸福與快樂？

我忽然想起，不知道有多久沒有承歡膝下，看到父母親忘憂的歡顏？有多久沒有和雅麗一起閒散無事地散步？多久沒和兒子們盡興地玩鬧一個下午？或者是多久沒有和老朋友喝一整個下午的咖啡，天南地北地胡說八道？

為什麼當我愈努力，我愈遠離這些本來我可以輕易擁有的一切？

28

有一次，荒野保護協會的徐仁修老師來了，他正好是我很好奇的那種人。我一直不明白為什麼有人喜歡遠離文明，總是去蠻荒的地方探險？於是我就在廣播中和他大聊特聊。他告訴我一段在中南美洲旅行和原住民接觸的經驗。

「那時候我們在中南美洲旅行好幾天了，原住民嚮導忽然問我：徐先生，你們為什麼吃飯？這讓我覺得很有趣，反問他：你為什麼會問這個問題？嚮導說，他每次看我總是看著手腕上那個奇怪的東西，然後決定要不要吃飯。原來他指的是手錶。於是我告訴他關於手錶與時間的關係。我說，正午十二點鐘時，太陽在天空正上方，指針在正上方；下午六點太陽下山，指針就在下方。我不厭其煩地對他說明了手錶指針與時間的關係，讓他了解，因為時間到了，所以我們要吃飯。原住民朋友恍然大悟，拍著手說：原來你們是祭拜太陽的民族，你們為了榮耀太陽而吃飯。」

「哈，」我大笑，「其實不是太陽，而是為了時間……」

「時間顯然對原住民來說太抽象了，我發現很難和他們討論時間的觀念，於是只好反問他：那你們為什麼吃飯？沒想到這個原住民朋友想都不想就回答我說：因為肚子餓了。」

我拍案叫絕，「簡直像是禪宗的故事。」

「幾天觀察下來，我發現他們的確如此。有一天天黑了，大家準備紮營，看到前面山谷斜坡上有一串香蕉，」徐仁修老師接著又說，「本來想先摘下來預備當明天的早餐。沒想到這個嚮導不肯去摘，他堅持又沒有人肚子餓，為什麼不讓香蕉好好地長在樹上，要去把它摘下來呢？」

「他倒是滿有原則的。」我說。

「我們只好作罷，各自安頓。那天睡到半夜，忽然聽見有人從斜坡滾下來的聲音，連忙爬出營帳拿著手電筒照去，原來又是這個原住民嚮導，手裡抓著那串蕉。」

「他在幹什麼？」

「這位老兄一臉無辜的表情說：我現在肚子餓了。」

「哈！很合邏輯。」

「隔天一大早，大家發現香蕉還很青澀，建議嚮導背著香蕉上路，等熟了再吃。不過這位嚮導又有意見了，無論如何就是不肯背著香蕉上路。」

「既然嫌麻煩不想帶走，那就丟掉吧。」

「問題是他又反對把香蕉丟掉。他堅持，香蕉是大地賜給人類的東西，我們沒有權利這樣浪費了。」

「你們還真碰到一個有個性的嚮導，」我笑著說，「不願帶走，又不能留下來，那現在該怎麼辦呢？」

「這位天才嚮導說：我們坐在這裡等香蕉成熟，吃完了再走。」

「啊？」我幾乎失聲大笑，「坐在那裡等香蕉成熟？」

「嚮導說：有什麼不可以？我們等田裡的作物成熟，等肚子大的老婆把孩子生下來，等孩子長大，等著衰老、死亡，我們一輩子都在等待，為什麼不能坐著等香蕉成熟？你們那麼急，到底都在急些什麼呢？」

我驚覺到，這個嚮導還真說對了，我們是一個崇拜太陽、崇拜時間的民族。我們所處的那個現代文明，那個匆匆忙忙，沒有一刻可以浪費、等待的文明……都是為了榮耀時間而工作的。而這樣不知不覺的崇拜，構成了這個競爭時間與物質為動力的當代文明。

很少有一種神明或者是信仰是這麼強烈的。當我們看著傳播媒體上的報導、專訪、人物時，看著股票行情，看著才藝出眾的影視明星，看著商店裡琳瑯滿目的商品時……我們就對著這個信念祈禱一次，神啊，給我成功、給我美麗、給我出色、給我錢……

喬治．歐威爾在小說《葉蘭飛揚》（Keep the Aspidistra Flying）裡面曾經改編了《聖經》中〈哥林多前書〉，他把「信望愛」裡面的「愛」改換成「錢」，這段生動的文句就變成了：

我若能說萬人的方言及天使的話語，卻沒有「錢」，我就成了鳴的鑼、響的鈸一般。我若有先知講道之能，也明白各樣的奧秘、各樣的知識，而且有全備的信，叫我能夠移山，卻沒有「錢」，我就算不得什麼……如今常存有信、有望、有「錢」，在這三樣中，最大的是「錢」。

文藝復興之後，理性主義、資本主義的文明在全世界登場，中古時代的神明悄悄退位。這個代表著效率與進步化身的文明再度變成了新的神明，讓我們忠心信仰。我們掉進無止無盡地更快、更多的競爭裡。成為這個信仰的信徒是這麼地忙碌，以至於我們根本沒有時間停下來想想，或是抬頭來看看這個文明以外的世界，甚至是發出任何最微弱的質疑。

因此，當一個來自我們心目中落後部落的嚮導提出了最普通的問題：

「你們那麼急，到底都在急些什麼呢？」

我們竟然落入了無法回答的窘境。

29

春天的時候，我有機會和朋友一起去攀爬玉山。我們在冷冽的空氣中攀爬著山，欣賞沿途的風光，我忽然開始想，過去我的生活是不是一直專注於往高處爬，以至於忽略了路上那些美麗的一切。

登到頂峰時，那樣的心情更加強烈了。我本來以為我會有一種征服了玉山的成就或快感，可是我卻被一種更寬闊的感動深深地震撼。那樣的感動來自更多山巒起伏、流水、樹木、路邊的野花、氣味，甚至是鳥叫的聲音。那時候，我理解到，我並不是為了攻頂而來。不管我攻克了多高的山峰，我生命中所能擁有的不過是那段美好的經驗。山一直在那裡，所有的景物也一樣，它們不被誰所征服，我也征服不了什麼。

那麼人生呢？當我們汲汲地競爭比較，就好像我們計較著頂峰的高度時，我們是不是彼此分享沿途經歷的那些景物與風光？或者當我們終於爬到頂峰，看到了我們所在的山頭不過是世界上千千萬萬的高峰之一；當我們看著更多神秘的山巒、峰頂時，我們的內心會不會升起一陣嚮往與謙卑的心情？

如果我們一定非競爭不可、非計較不可，我們可不可以來競爭誰的人生擁有了更多的幸福，比較誰的人生擁有了更多的快樂呢？

那時候，我的心中開始有了一點點美麗的心情。

我開始想，或許我必須先停下來，暫時跳脫此時此地的自己、自己熟悉的環境或者觀點，直到那個時間與空間的距離足夠了，我才可能有寬廣的視野看到更多真實的本質，或者是自己深藏的內在。

於是我打開歷史、背起行囊，試著跟我不熟悉的人、事、文明與情感對話。就這樣，斷斷續續地，展開了屬於自己內在與外在的旅程。

第四章

我像是可笑的唐吉訶德，一次又一次地和生命中無常的巨獸奮戰而不自覺。到最後，掌控的慾望像是糾結的繩索交纏，愈拉愈緊。

30

在搭上帛琉的香蕉船之前，我是不太會游泳的。

我不會游泳的理由其來有自。我的母親是出了名的愛擔心。大概從我有能力離開她視線的年紀開始，她就苦心蒐集各種游泳溺斃的消息和報導，以證明她的擔心是有根據的。根據她的說法，如果不是不得已，正常的人是不應該泡在海水、河水、湖水、溪水……任何跟水有關的容器或通道裡頭的。

我最重要的游泳經歷是高中時代的游泳課。高二的體育老師規定，至少要能游二十公尺，學期的體育成績才算及格。那次學期考試，我連換氣都還不會，為了爭取盡快達到終點，我採用跳水的方式入水。那是我生平第一次跳水。我吸了一大口氣，用力跳入游泳池中，拚盡全身所有的力氣，手腳並用，不管三七二十一，總算到了終點。我記得游到終點時我全身虛脫，花了二、三天才恢復元氣。後來我就幾乎不再游泳了。我很明白，我的游泳實力只有一口氣，而且是最後的一口。

可是那是帛琉。我一下飛機就被帛琉晴朗的夏天、迷人的海浪、島嶼給迷住了。我不斷地想起盧貝松電影《碧海藍天》（The Big Blue）中一望無際的海、無垠的天空、美麗的羅珊娜・艾奎特（Rosanna Arquette）、動人的友情、愛情以及海豚。

我來到海灣時，正是那樣的景致。有人在划著船、有人在騎水上摩托車，也有人在浮潛。稍遠方，快艇拖曳著充氣式的香蕉船劃過海面。隨著香蕉船的跳躍及晃動，緊抱著充氣船的乘客不斷地發出尖叫、歡樂的笑聲。因此，當有人問我要不要玩香蕉船時，我幾乎是毫無抗拒地就答應了。

「會不會翻船？」我看著汪洋大海，不放心地問。

「單瓣的香蕉船比較容易翻船，」老闆竟然是個台灣人，他對我解釋，「如果你怕翻船，可以坐這種雙瓣的香蕉船，雙瓣綁在一起，底面積寬，不會翻船。」

就這樣，我戴著我的太陽眼鏡，穿上船家發的裝備，和其他臨時湊合的遊客一共十個人，五人五人左右各占一邊，搭上了這艘號稱不會翻船的雙瓣香蕉船。快艇緩緩地發動起來，等香蕉船被拖曳到約莫一百公尺以外的海面上之後，行駛的速度漸漸變快了。

我回頭望去，岸上的建築、嬉鬧都漸漸遙遠。隨著船速愈來愈快，我開始有點後悔了。老實說，在大海上馳騁並沒有看起來那麼過癮，所謂香蕉船說穿了不過是長條狀的橡膠充氣漂浮物以及上面簡陋的把手。隨著海浪的波動以及前方拖曳快艇的快慢及方向，船身可能上下跳動，也可能傾斜或者左右晃動。香蕉船的乘客與其說坐船，還不如說是夾在船上，稍一不小心或者一個重心不穩，把手沒抓緊，人很容易就飛了出去。

隨著船速愈來愈快，我開始覺得這實在一點都不好玩。左後方一個乘客竟然用我不知道的語言，瘋狂地唱起歌來了。他的右手在空中畫圈圈，不斷地叫嚷著。前方開著快艇那個爆炸頭髮型的男孩，附和著他似地，把船速一再加快，並且在海面上蛇行。船身左轉時，慣性作用傾斜地把我們往右邊拋。我們得抓緊把手，使勁壓低重心往左靠。有時候，一個波浪把船掀起來，人的重心跳在半空中，只剩下手抓著把手，用力把身體拉回來。驚魂甫定，船身又是一個又急又猛的右轉……

繞了沒幾個彎，我的手臂、肩膀、胯下一陣一陣痠痛，又驚又怕。情況變得愈來愈不舒服，我們像是專門花錢來接受折磨似的。除了那個瘋狂的乘客外，大部分的乘客跟我一樣是道地的觀光客，有婦女，也有小孩。我轉身一看，立刻看到了其他人臉上也充滿了受苦受難的表情。有個小孩乾脆哭了起來。

「Slow down!」我覺得必須有所作為，大聲喊著。

慢下來！慢下來！我喊著。可惜快艇離香蕉船太遠了，根本聽不到。我們的香蕉船像特技表演似地在海面上穿梭、跳動著。我得戰戰兢兢地調整重心，左傾、右斜、跳動、用力……現在，我已經筋疲力竭，只能期望這一切趕快停下來。

可是我左後方那個瘋狂乘客意猶未盡，他不斷地叫著、跳著，還搖晃船身。我回頭瞪了他一眼。可是那一眼，似乎又給他新的能量似地，他更加興奮地跳動、搖晃。

「你打算把我們全部都害死是不是？」

話還沒出口，那個傢伙竟然站了起來，不可思議地大力搖晃。就在那一剎那，船身一個激烈的大轉彎。那個意外來得太快了，我根本來不及反應，只覺得雙手再也不聽使喚，拉不住把手，一股巨大的力量把我從船身連根拔起。

完蛋了。我清楚地覺得，我

飛
出
去
了
！

不但如此，我的近視太陽眼鏡也飛了出去。天地之間，白花花的一片。

有一剎那，我以為我看到了死亡的容顏，一種亮得無法逼視的絕望。

一切只發生在微秒之間，可是我心裡的感覺卻清晰而緩慢，慢動作似地。我先是聽到了啪啦的聲音，知道自己已經落水。接著我可以感覺到撞擊力把我推入海水中，我的身體被海水深深地包圍。我從來沒有浸泡在海水裡的經驗，那是一種很奇怪的感覺，我感受不到地心引力，完全失去了方向感。

眼前那一片模糊的白花花，現在被另外一種藍白光暈取代，它們不停地交替、變化，那麼地模糊不清。我告訴自己要鎮定，千萬不要呼吸。我閉著氣，等著浮上水面之後開始游動，可是那一片模糊的藍白光暈揮之不去，不知道為什麼，我一直浮不到水面上。隨著時間過去，我的一口氣已經快到極限了，開始拚命掙扎，可是情況沒有任何改善。

漸漸，我有一種預感，那可能是我的最後的一口氣了。

我想起才看完沒多久的《鐵達尼號》，想起了我後座那個瘋狂乘客的臉，很奇怪，那一刻我竟然一點恨意也沒有。我還想起了雅麗、我的小孩、親人、朋友。那麼多的臉孔，用一種我從沒有經歷過的方式，快速地閃過了我的腦海，不帶著任何情感。

我想起一個朋友的母親，過世前告訴他的最後一句話是：我要死了。那時候，我想說的話正是如此。我不再思考什麼，只覺得好可惜，我是那麼地年輕，很多想做的事情都還沒有做，竟然就要走了？

不曉得為什麼，一種平靜的感覺油然而生。就那一瞬間，我告訴自己，我得用一種優雅而有尊嚴的方式離開。我終於放棄掙扎，沉重地放掉最後一口氣。幾秒鐘之後，我決定繼續吸進下一口氣，縱使我很清楚這一口氣我會嗆水，奔向死神，我仍決定勇往直前。

緊接著發生了更大的意外。我竟然呼吸到了新鮮——的——空——氣。難道死神把我忽略了？我鼓起勇氣，連吸了第二口、第三口氣。天啊，真的是新鮮的空氣！

我驚慌地揉了揉眼睛，左右張望，才發現原來我一直穿著船家發下來的救生衣，我早就浮在水面上了。過去我曾經穿過的救生衣都是為了讓警察檢查用的，我從來沒有想過會真的用上它，也從來不想知道穿著救生衣在海裡應該是怎麼樣的感覺。

我再揉了揉眼睛，試圖想看清楚周遭的環境，這才發現原來我的眼鏡飛走了，滿眼的海水加上近視眼讓我什麼都看不清楚，搞出了這種烏龍。現在我的心情總算有點回復，模模糊糊我可以看見翻在前方的香蕉船，浮在海面上的乘客，我還看到了快艇，朝著我們的方向開來，引擎的聲音愈來愈近……

陽光依然艷麗，夏日的海洋熱鬧依舊，這個世界並沒有因為翻船而發生了任何的改變。騎水上摩托車的人騎摩托車，搭快艇的人搭快艇，岸上的香蕉船一班一班地出發，大家若無其事地玩耍著。我有點無法適應，我從沒有過在那麼短的時間內經歷生死兩種完全不同的劇烈心情轉變，我甚至不知應該用什麼樣的心情面對這些巨變才好。

31

我很慶幸我的皮夾子一直在我的牛仔褲口袋裡頭，當我被打撈起來時，除了太陽眼鏡以及眼鏡盒子已經沉到海底之外，一切都還好。

我不得不脫下濕掉的衣服，買了一條泳褲穿在身上，另外還買了一條大毛巾當披風披著。我從海邊的更衣室走出來時，看見香蕉船的告示牌上明白地寫著類似這樣的警告：這個水上活動有落水的危險，請遊客配合船家做好安全措施。告示下面還列舉了哪些人、哪些疾病患者不適合參加這個水上活動等等。

我擦乾了身體，發現同船落水的遊客正圍著那個惡作劇的傢伙，要他說個清楚，並且賠償損失。那傢伙冷冷地看了我一眼，帶著一種猥瑣、譏諷的表情。

我本來也想加入討公道的行列，可是那個譏諷的表情忽然讓我想起幾分鐘前我在海面上慌張地回頭瞪他的那一刻。他像吃了興奮劑似地，更加用力地搖晃、跳動。我很快理解這個傢伙的惡作劇行為是故意的，而我們落水前那種驚慌失措與焦慮不安正是整場惡作劇的最高潮。甚至這場憤怒的爭執也是他的成果之一。這個傢伙了解這裡的規矩，他有恃無恐，我們這些人根本不可能從這個傢伙身上討回什麼公道。

一陣推擠爭執之後，所謂的公理與正義果然如同我猜想的一樣不了了之。我們在行程的催促下，搭上巴士，回到旅館。

32

晚餐後，我赤腳走在旅館外的沙灘上。習習的海風，帶著白天燠熱的記憶，輕輕地吹拂了過來。

海灘前的擴音機忽然傳來Bee Gees合唱團的歌聲。

Nobody gets too much heaven no more.

It's much harder to come by I'm waiting in line.

Nobody shows too much love any more.

It's as high as a mountain but harder to climb…

〈Too Much Heaven〉，好久沒有聽見的老歌了。一下子，我就被拉回了七〇年代的回憶中。

我想起在台南的一家自助餐廳，也是放Bee Gees的專輯。每天中午我到餐廳吃飯，〈Too Much Heaven〉的唱片就這樣轉啊轉地轉個不停。

那時距離大學聯考還有二個多月，我的最後一次模擬考成績並不理想，我奮發圖強，決心要考好大學聯考，進入醫學院讀書。我在月曆上面密密麻麻地畫滿時程、計畫，一格一格地填入該複習的功課。那時候，我打算把自己的靈魂封閉起來。因此，當我畫著格子時，我竟有一種快感，好像我可以親手殺掉什麼似地。

我在學校開放的教室裡規律地讀書、準備考試。我按照預定的計畫，一遍又一遍地記憶著三民主義，一次又一次地做著生物考題，我一張又一張地做著英文測驗卷，一回又一回地複習著數學、化學、國文……

天熱的時候，我脫去卡其色上衣，只穿著汗衫，揮汗啃書。中午我躺在合併的兩張桌面上午睡。偶爾，午後的雷陣雨衝散了暑氣，我從書間抬起頭來望向窗外。窗外有點恍惚，過了千百年似的。我不聞不問，依舊把頭埋向書間。

我就是在那樣的狀況下，聽到了Bee Gees的〈Too Much Heaven〉。或許是因為不危險吧，那成了我密不滲水的圍堵之中，唯一靈魂的缺口了。偶爾我會跟著歌詞想像天堂的滋味，不過我總是適可而止。我很清楚地知道那只是一頓中飯，計畫的一部分。

那時候，有幾個固定在學校K書的同學也常在那家餐廳吃飯。其中有一個同學是我高一同班同學，後來他轉進甲組（第一類組）的班級，我則留在丙組（第三類組）奮鬥。我們不算很熟，可是他總是會和我打招呼，互相交換一些心情或情報。

「準備得如何？」

「數學只要做到排列組合，就覺得很挫折……」他一臉苦笑地問我，「你呢？」

我搖搖頭，聳聳肩。

不曉得為什麼，我們見面時總會聊一下。很節制地，不長也不短。光是那樣粗淺地聊著，我們就覺得滿足。或許我們都了解彼此是同類吧，孤獨地禁錮自己，努力為著明天的分數奮鬥著。就算只是吐吐苦水，心裡也有一種熱鬧的感覺。

我開始有了一種掌控的感覺。每過一天，每再聽到Bee Gees的歌聲時，那樣的感覺就又更明確了一些，像是一種銘刻似地，把信心一遍又一遍地鏤刻上去。我有一種強烈的感覺，彷彿經由那樣超乎尋常的努力與意志，我可以和未來產生某種連結似地。

到了考試前一天，我自信滿滿地告訴家人：

「我知道我考上了。明後天只是到考場去寫下答案，告訴聯招會的人，我考上了。如此而已。」

連續兩天，我參加了大學聯考。成績公布之後，結果就和我預見的一模一樣。

我還記得我到學校領成績單的時候，又看到了那個同學，以及他臉上那抹強烈自信又內斂的微笑，他掩不住興奮，跑過來告訴我他考上了第一志願。我很清楚地記得那個同學的笑容，也知道為什麼他特別跑來告訴我，那麼好的成績讓他有點孤單，不適合到處聲張。

我自己在拿到成績單那一刻也笑了，可惜我沒有帶鏡子。可是我總以為自己的笑容應該也是那個樣子。

那個充滿自信的笑容就是我對他最後的印象了。隔年春天，他在南部發生了車禍。

我在報紙的角落看到這則不幸的消息時覺得非常突兀，覺得一定有什麼弄錯了。我們曾經那麼全心全意地犧牲掉所有的今天，換取明天更好的成績、更好的一切，人生怎麼可以這樣對待他？

就那時候，那種不確定的無常感又出現了。它們像是無底的深淵，無邊無際。又像是排山倒海而來的鬼魂，緊緊地抓住不放，叫你無所遁逃、無法喘息。

我第一次感受到那種不確定的感覺是在小學的時代。當時電影明星李小龍過世了，我在電視報導中看到他的遺容。到了半夜，我再也睡不著覺，把父母親搖醒，問他們：

「以後我們都會死掉，怎麼辦？」

我的父母親睡眼惺忪，不理解他們的孩子在說什麼。

「如果有一天你們會死掉，我也會死掉，這一切都會消失，為什麼還能好好地在這裡睡覺？我們做那麼多事情又有什麼意思呢？」

我的母親抱著我，只是安慰我說：

「不要亂想，去睡覺吧，睡醒了就好了。」

隨著時間的過往，那樣的感覺並沒有變得更容易。你仍可以感受到它們蟄伏在四周，伺機而動。每當你面對親友的死亡、疾病、離別、成敗、起伏，甚至是意外落海，種種無法掌控的什麼時……那些世事難料的不確定感立刻蜂擁而至。

生命是下一秒鐘還持續呼吸的前提下才成立的假設。可是下一秒鐘卻無可捉摸。大部分的時候那些不確定的空虛感無可否認，我只好全力防堵那些無法確定的一切。我說服自己相信，經由努力的意志，我可以逼近未來，讓自己能夠在可掌握的範圍內安身立命，遠離驚慌恐怖，就像當年我在聯考前所做的一樣。那變成了一種惡性循環。每經過一次，我就把繩索再拉緊一些。我像是可笑的唐吉訶德，一次又一次地和生命中無常的巨獸奮戰而不自覺。到最後，掌控的欲望像是糾結的繩索交纏，愈拉愈緊。

或許我所有的努力都只加深了我內在的不安，可是我倚賴那樣掌握的感覺來安頓自己。我用力地考試、讀書、寫作、競爭……靠著更多的領先來分散注意力，更多忙碌的藉口來遺忘自己。以至於今天下午的海面上，當一個小小的意外戳破這個大氣球時，所有的不安與驚慌統統被釋放了出來。

Nobody gets too much heaven no more

It's much harder to come by I'm waiting in line…

一陣海風暖暖地吹了過去。Bee Gees合唱團的歌聲還在沙灘上迴盪著。我想起了歌詞中的天堂，忽然有點渴望。天堂的滋味是什麼？是沒有無常感的地方嗎？是沒有焦慮的心靈狀態？或者天堂只是一種幻影？

33

信步走回旅館大廳時正好碰到了導遊，他正盡職地遊說每個團員參加明天浮潛的行程。

「來到帛琉不浮潛很可惜喲！什麼硬珊瑚、軟珊瑚、熱帶魚、水母啦，所有最漂亮的東西都在水裡面，不參加浮潛，你們等於白來了。」

「可是我不會游泳，」我說，「我可不可以只躺在沙灘上消磨時光？」

「哎呀，你不要管你會不會游泳了，」導遊熱心地說，「浮潛很簡單，我把裝備丟給你穿好，再把你丟下水，你自然就會了。就這麼簡單。」

「你說得當然很簡單。」

我在心裡嘀咕著，正打算敬謝不敏時，看到導遊身後，那個惡作劇的傢伙正遠遠地站著，仍是一臉猥瑣與嘲謔的表情。那樣的表情實在很挑釁，我一直不明白那個表情背後，他想譏笑什麼呢？

認真想想，那傢伙能對我做出來最惡劣的事，也不過就是狼狽地掉在水裡。我怕的到底是什麼呢？那時候，我有種可笑的想法，很想從下午那種驚慌失措中反敗為勝，對那個挑釁的表情做出一點起碼的報復。

我靈機一動，如果我一開始就打定落水並且放鬆、漂浮呢？如此一來，那一張猥瑣的臉，還能變出什麼新的花樣嗎？

「你決定好了嗎？」導遊還在問我，「明天要不要去浮潛？」

為什麼不呢？我忽然覺得自己真是蠢到家了。我何不暫時放掉必須掌握一切的不安，讓未知的一切帶我去看看會發生什麼新鮮事呢？

想著想著，我改變了主意。我抬起頭，興奮地對著導遊說：

「好啊，浮潛。算我一份。」

34

噗通！就像昨天講的那樣，他們把我和我的裝備一起踢下水了。我有點意外，就只是那樣？不過，事情遠比我想像中的容易得多了。不到三十分鐘，我真的學會了浮潛，並且在海面上自由自在地游來游去。

我得承認，那三十分鐘的浮潛，像一把神秘的鑰匙似地，為我打開了海洋世界大門。迎接我的海洋世界之艷麗簡直無法言喻。

在美麗的帛琉海域，我看到了各式各樣的魚類，爭奇鬥艷的珊瑚、海葵、海綿以及貝類組成的五顏六色海底花園。陽光肆無忌憚地灑落在這個夏日海洋，反射著瀲灩的波光。當你撕碎一小片麵包時，大大小小的美麗水族，爭先恐後地來到你的身旁，與你比鰭共游。

我永遠無法忘記，當我第一次看見成千上萬的水母緩緩從海底漂浮上升時，那樣震驚的心情。各式各樣的金黃色的粉菊水母、白色水母、半透明水母就在你的眼前漂浮了上來。水母們一點都沒有羞澀之意，一開一合地在你的眼前晃來游去，像一場熱鬧的舞會似地，美麗的佳麗紛紛展示著她們撩人的身段與光采。

我被那種龐大的數量給震懾住了。那時候，一隻黃色的透明的粉菊水母漂啊漂起漂到我的手邊。我輕輕地把她放在我的手心，興奮地想要大叫：

「我看見妳了！」

然而粉菊水母只是沉默地望著我。我輕輕放開她，她若無其事地漂走了。愈來愈多的粉菊水母聚在我的周圍，她們愉快地進行著光合作用，用著千百年來一貫的優雅姿態，盡情享受著這場與日光相約的午餐約會。

光線暖暖地照著。亮麗而刺眼的光芒是太陽送來的千手萬手，頑皮地撥弄著海水，在海面上撩起各式迴旋的光暈。水母們就在水面下舞弄著最受歡迎的舞碼。她們不停地開合、翻轉，透明的身影加上無限的風情，和繽紛的光影正好形成了詭譎而神秘莫測的變化。

從頭到尾，我目瞪口呆地欣賞著這一齣大自然最魅人的演出，無法克制心中那種一波接著一波激動的情緒。

我回到台灣之後立刻報名潛水課程，認真學習。一年之內，我不但拿到國際潛水執照，還從初階的潛水員變成了進階的潛水員。我跟著潛水團體潛遍了基隆東北角、龍峒、綠島，甚至是馬來西亞、西巴丹小島，以及許多其他的潛點。

我曾在晨曦海面下遭遇到巨大隆頭鸚哥魚（double-headed parrotfish），牠們就在你面前成群羅列，沉穩而井然有序。我們彼此靜靜地對峙著，直到為首的鸚哥魚轉向，把一群大魚像部隊般地帶走了。

我也曾見過銀白色的傑克魚群（Jack fish），成千上萬地在頭頂上形成龍捲風覓食魚陣，牠們神秘地不發出任何聲音，像是恐怖電影中鬼魂給人喘不過氣來的壓迫感。

最難以忘懷的是那些優閒的海龜。我喜歡在海面下和牠們一起做三度空間的飛翔。偶爾游累了，把手攀在海龜的甲殼搭順風車。海龜回頭看我一眼，責備似地，牠輕撥鰭翼，自顧自老成地游開了。

海流對的時候，我們沿著海底峭壁放流而下。那時峭壁上的倒懸珊瑚宛如繽紛的花朵迎風綻放。整面峭壁變成了空前絕後的山水橫軸連綿不盡。就這樣，洋流慷慨地推送著你，一覽無遺這座大自然美術館裡最絕美的作品。

幾年以後，我在尼泊爾的佛寺與山區間旅行，參觀密宗僧侶閉關的地方，並且聆聽許多高僧、仁波切講述佛法奧妙的道理，還搭了汽車，翻山越嶺來到釋迦牟尼的出生地藍毗尼園打坐沉思。

我住的地方離寺廟不遠。清晨出門時，我看到了一個泥水匠正在替寺廟蓋房子。他快樂地唱著歌，按照藍圖堆磚牆，一排一排地把磚牆堆高。等到黃昏我回來的時候，他仍然唱著歌，磚牆已經堆到超過他眼睛的高度了。只有一個問題：他忘了把門樑放上去，因此他快要蓋出了一間沒有門的房屋；更糟糕的是，他還把自己關在裡面。

小喇嘛發現了，笑得東倒西歪，趕快去找來大喇嘛。大喇嘛來了一樣笑得不可自制。最後廟裡的住持來了，也一樣是哈哈大笑。附近的村民也來了，顯然這件事情給他們平淡的生活帶來莫大的樂趣。

「現在該怎麼辦？」我問那個主事的大喇嘛。

「既然蓋壞了，我們重來。」大喇嘛若無其事地說。

隔天一大早，那個泥水匠正在拆磚牆，我又聽到他快樂的歌聲了。沒有爭執、法律糾紛，沒有進度落後賠償、付款延後，也沒有限期完工聲明……

「既然蓋壞了，我們重來。」

就那麼簡單的一句話，讓我想起了我在帛琉海域，以及之後潛水發生的許多往事。我在想，如果不是那個惡作劇，不是順應了惡作劇給我的改變，或許我就沒有機會見識到那個美麗動人的海洋世界。

就像達賴喇嘛在回顧他因為政治的理由從西藏逃亡出來的歷程時，曾經表示，當他離開西藏時，心裡有千萬個不願意。可是他並不知道，因為他不得不離開，現在才有機會把自己熟悉的佛教信仰及哲學傳播到全世界去。想想，那就是他的使命。人生的無常與挫折往往是生命中最珍貴的老師，可是當我們面臨困頓、瓶頸時，總是百般抗拒、不願接受。從這個觀點來看，他自己感激命運無常，甚至是中共政權帶給他的人生轉變。

我們為人生設想出周到的藍圖，以此為成功的標準，可是生命從不理會我們，它總是給自己找出路，把我們帶向不同的境界。或許一路成功領先的滋味就像衣冠整齊地坐著香蕉船巡覽海景吧，成功的人最大的遺憾是不知道自己錯過了什麼。

我忽然想起在帛琉面對那張惡作劇的臉時打定主意落水的決定，是那個決定為我開啟了許多美好的體驗。如果人生非得無常，世事非得多變，我們何不停止抗拒，不再焦慮？一旦我們決定了要在人生裡面放鬆、飄浮，願意接受並且專心地享受迎面而來的每一分、每一刻，命運那張無常的臉又能奈我如何呢？生命必須有了包容，或者能夠承受變化的大氣度才能安定下來。也因為安定，開始有了歡喜。而所有的美麗只為那些歡喜的心情開展。

忽然間，一扇全新的窗戶在我的生命中出現。就像我動手打開窗戶，讓陽光揮灑進來那麼簡單，我竟能夠把所有的看起來不相關的往事都串在一起，看到了新的視野。

那一剎那，我開始對我自己的人生，有了一些不同的觀點與態度。

我回到台北後，一些好奇的朋友問我都在尼泊爾見識到了什麼高深的佛法。我就告訴他們這個蓋房子的故事。

「既然蓋壞了，我們重來，」他們問，「就這樣？」

這個故事顯然不像我曾經說過的其他故事那麼受到歡迎。多說了幾次之後，我恍然大悟。原來我試圖想表達的，與其說是外在故事，還不如說是內在的改變。而那些真正的改變，其實是不可能有什麼精采情節的。每個人都得去尋找自己的故事，為自己發現不同的鑰匙。

35

帛琉最後一天，我們驅快艇前往洛克群島。途中，我瞇著眼睛迴身四顧，竟然看不到陸地了。四面八方延伸的海面連結著無垠的天空，宇宙是無盡的蒼穹，地球是飽滿的球體。風簌簌地呼嘯而過，眼前的地理忽然出現了一種龐大的歷史感。

我們只是無盡的時間與空間之中一艘小小的快艇，快艇上微不足道的過客。

一朵烏壓壓的雲跑到我們的頭上，落下來傾盆大雨，把船上的乘客淋得全身濕透。船長一點也沒有慢下來的意思，快艇在海面上顛簸著。不久，雨停了下來。雨後的晴空，很神奇地出現了兩道並行的彩虹，姊妹花似地，從這頭的海平面，跨越了天際，浩瀚地橫亙到另一頭的海平面去。

當時，我並不曉得往後我還要經歷的許多改變。我有一種錯覺，以為那是出現在我心中的風景。我顧不得濕透的衣服以及滿臉的雨水，興奮地高聲呼喊。

「看！」我指著天空，在奔馳的船上又跳又叫，「彩虹！彩虹——」

第五章

輸贏與成敗都只是遊戲的一部分。而人生美麗，時間寶貴，沒有人會因為跌倒而覺得挫折，更沒有人願意坐在陽光下哭泣。沒有人在這裡累積財富、權勢，因為在這裡，歡笑的時光比外在一切的擁有還要珍貴……

36

我記得幾年前大兒子剛出生時，我曾寫過這樣的感歎：

……從前之人，臨上刑場之前仍然不敢不稱萬歲，說穿了不過是顧忌著還有後代。連續劇也是這樣演的，再不怕死的好漢，遇見歹徒挾持了自己的兒子，一旦要求什麼，也只有認栽的份。不但如此，兒子慢慢長大，又擔心他學不好，又怕被綁架，渾身不自在。做一隻泥鰍，悠遊自在在泥土裡玩耍多麼快活啊！可惜這個偉大的爸爸現在已經有點像那隻廟堂上的大神龜，神聖而動彈不得了。我的尾巴變得愈來愈長，先是老婆，再來是兒子，從前沒有人抓得住我，現在只要輕輕地拉住尾巴，就可以將我連根拔起了。

——《親愛的老婆．爸爸的產後憂鬱症》

這些當時所謂爸爸的產後憂鬱症，過了很久以後再讀，還是一樣地貼切。想起來，時間實在是快得讓人措手不及。我記得自己才只是一個認得爸爸媽媽的小孩子，不知什麼時候有了女朋友、結婚了、生下了第一個孩子，然後是第二個孩子……

這些關係固然甜蜜，卻也使得生命不再能輕盈。不知道為什麼，有時候我反而會感到一股說不出來的失落與孤獨，像是熱鬧宴會之後那種安靜與空空洞洞的感覺……

後來我開始帶著孩子去旅行，我們一起走過了台灣、香港、美國、大陸……的許多地方。這些以孩子為中心的旅行，讓我開始用不同的眼光審視我周圍的人際關係，重新思考那些讓我覺得委屈的一切。

日本作家曾野綾子曾在《中年以後》這本書裡面寫了一段關於孩子很有趣的話：

孩子是一種不可思議的存在，無論好壞，會讓你的人生過得更馥郁濃密，歡喜和怨憎也都更深，那是孩子的存在所帶來的贈禮……

雖然這些歡喜和怨憎我都經歷過，可是和孩子一起旅行之後，我意外地身處在人際關係之中不同的位置。就像一個父母親，他必須先變成孩子的心情，才能開始看見孩子一樣，一個孩子，也是因為當了父母親而真正能夠體會到自己的父母。

這樣的領悟，讓我學會了怎麼樣去看待那些黏膩的關係加諸在我身上的一切。這很微妙，我們常常把自己的失落怪罪到別人頭上，可是大部分的時候，是我們遺失了自己。

37

帶著孩子一起去旅行這個念頭，是從電視上看到了奧瑪．雪瑞夫（Omar Sharif）關於「家」的訪談開始的。

我很難忘記在《齊瓦哥醫生》電影畫面中，冒著滾滾濃煙的火車疾駛過漫天冰雪的西伯利亞白夜時，那種天寬地厚的雄偉氣勢。那時候，蘇維埃的革命才開始，世態紛亂，人情動盪。扮演《齊瓦哥醫生》的奧瑪．雪瑞夫在火車上，從火車的隙縫，無言望向天邊一輪皎潔的明月。那些醉人的畫面一直是我記憶深處最甜美的電影經驗。奧瑪．雪瑞夫那對深邃的眼眸，生動地串起了平凡的生命對美與寧靜的渴望與追尋……

再見到奧瑪．雪瑞夫的訪談時，他已經是七十歲的老人了。經過心臟手術以及骨科手術之後，他看起來有點蒼老，他的眼神也不再深邃，歲月殘酷地帶走了那個風度翩翩的美男子。

「那時候，我很年輕，覺得『家』實在是一種很落伍的想法。別人拍完電影，收拾行李回家。我根本沒有家，提著行李箱，從一個旅館換到另一個旅館，扮演不同的角色。我以為人生就應該是那個樣子……」

年輕的奧瑪．雪瑞夫喜歡喝酒、美女。女人們都愛他，但沒有人能和他長久相處，他結了婚又離婚，生下孩子，也養了私生子，從來沒有能夠安定下來。更糟糕的是，他喜歡賭博，從賽馬、橋牌，到輪盤……無一不賭。奧瑪．雪瑞夫很快揮霍掉了青春、事業以及所有他賺來的錢，變成了一個孤獨的老人。人生對他而言，像是過眼雲煙，一場奢華的夢。

「人老了以後，忽然發現過去那些自以為偉大的行徑多半是愚不可及的行為。而那些我引以為傲的電影，說穿了不過是銀幕上的光影，沒有了光影，我也就消失了……」

奧瑪．雪瑞夫離開了巴黎，在老家埃及蓋了一個家，定居了下來。

「很奇怪，現在我最在乎的事情都是我年輕時候最不以為然的。我的家人散居全世界各處，每個人忙自己的事情，大家很難湊在一起。我現在在埃及蓋了一棟房屋，人生最大的希望就是和家人共處。我知道這個希望很不容易，可是一年之中，哪怕只要有一個禮拜，全家的人都能住在一起，我就感到心滿意足……」

我不知道奧瑪．雪瑞夫的心願後來有沒有實現。可是我忽然開始想，或許我應該帶著孩子與家人一起去旅行。這些年來，我和孩子們雖然住在一起，可是我們的相處其實是很片段的。在放學後吃晚餐到他們去做功課之間的時間；在他們做完功課到上床的時間……大部分的時間，我們必須擔心他們的功課，擔心他們的品行，擔心他們的未來；孩子也擔心自己有沒有滿足父母親的期望，有沒有做錯事讓父母親失望。這樣的關係實在令人疲憊。

我看過一系列德國導演溫德斯拍出來類似《巴黎德州》那樣的公路電影，內華達山區浪漫絕美的公路。如果我們租了一部汽車，天涯海角地旅行，或許我們就可以待在汽車裡面，讓窗外流動而過的美麗景色伴隨我們，一起好好地相處幾個禮拜吧。

為什麼不呢？我開始想。

能不能有幾個禮拜的時間，讓這一切都停下來，我們忘記那些加諸在我們身上的角色與期待，只是歡歡喜喜、高高興興地玩在一起？

38

於是我們開始問小孩，如果爸爸媽媽帶著你們去旅行，你們最渴望去的地方是哪裡？兩個孩子想都不想，立刻異口同聲地說：

「迪士尼樂園。」

迪士尼樂園？對大人而言，沉悶了點的地方。

「你們確定嗎？」再問一次。

「確定。」

如果你稍有像我一樣的經驗，總是和孩子在「來吃飯好不好？」「功課寫完了沒？」「洗澡了沒？」「該睡覺了吧？」這些瑣碎的問題之間奮鬥，就會知道，他們總是有許多充滿異想的答案來拖延你想達到的目的。可是這次答案之乾脆俐落、明確肯定、毫無創意，前所未見。

「不再考慮別的地方？」不信再試一次。

兩顆搖動的頭。

我忽然想起自己小時候也曾作過迪士尼樂園的夢。跟他們現在的認真的表情一模一樣。不過當時出國旅遊還沒開放，雖然電視上也看得到米老鼠、唐老鴨，可是迪士尼樂園根本是一個遙不可及的夢。

那時候有本叫《王子》的兒童半月刊辦抽獎促銷活動，頭獎可以贏得洛杉磯迪士尼樂園四天三夜之旅的免費招待。那個促銷活動長達一年，參加抽獎的資格是小朋友必須剪下《王子》雜誌封面左下角的抽獎印花，貼在明信片上，寄到雜誌社參加抽獎。

我在社區圖書館的《王子》雜誌上看到這個活動時怦然心動。唯一的問題是家裡並沒有訂閱雜誌，因此連那張最起碼的夢想入場券——抽獎印花也沒有。幾經掙扎，進出圖書館好幾次，終於下定決心，偷偷地把封面那張抽獎印花撕了下來。

我那個小小貪婪的欲望，終於沒有能夠逃過死氣沉沉的管理員伯伯。

「一本好好的書，你為什麼要把它撕成這樣？有個缺角好看嗎？」他拿著雜誌在我面前晃呀晃地，「你說話呀，這樣好不好看？」

「不好看。」我乖乖地低下頭。

我被強迫寫下自己還有父母親的姓名，以及家裡的住址。為了不使家族蒙羞，我臨危不亂，給自己發明了一個假名字。當然，還有爸爸、媽媽，他們也被分配到了奇怪的名字。我有點佩服自己，能在那麼短的時間內不動聲色地創造出三個逼真的假名字，還不忘孩子必須跟父親同姓。

本來這一切就快結束了。正好班上一個同學也來圖書館了，他很無知地走過我的面前，還不知死活地跟我打了一個招呼。

「等等，」管理員伯伯叫住他，指著我的臉問我的同學，「你說他叫什麼名字？」

儘管我一直對我的同學眨眼睛，可惜我的同學完全在狀況之外，更不用指望他能猜中我胡亂發明出來的怪名字了。

我勇於認錯絕不改過的行為讓我的罪名快速累積，從損毀公物到欺騙尊長、不知悔改……我變成了一個無藥可救的孩子。在聽取了我應得的訓話約莫半個小時後，我被拎著耳朵，連同那本損毀了的雜誌，一起帶到家裡的門口敲門。

之後當然就是犯罪經過與不知悔改始末。故事一波比一波還要高潮，左鄰右舍圍觀的人愈來愈多。管理員是如何機智地發現了歹徒的企圖，揭穿了歹徒陰謀，讓毫無悔意的歹徒束手就範。我只記得從頭到尾我的父母親一直點頭道歉、陪罪，好不容易才算功德圓滿。

之後幾天，雖然我的父母親很克制，沒有再提起這件事，可是氣氛好像充氣漲大的氣球，隨時可能爆炸。終於有一天，我的母親開口問我了：

「你為什麼要撕那本書？」

「想去迪士尼樂園玩。」我據實以告。

我的母親聽完了只是點點頭，沒有說什麼。那些我預期的情緒、或者道德演說通通沒有出現。那個氣球沒有爆炸，就那樣緩緩地消氣了。我有點覺得訝異，可是就那樣，像陽光下的朝露似地，無聲無息地消失了。

大約是幾個禮拜以後吧，我幾乎忘掉這件事情了。母親從信箱裡取出郵件走進屋子裡來，我記得她拆開了一個大信封，掉出一本《王子》雜誌來。我驚訝得差點跌倒，可是她卻胸有成竹地看著封面，對我說：

「我和你爸爸看過了這本雜誌，覺得編得還不錯。」她隨意翻了翻幾頁之後把雜誌拿給我，「我們替你訂了半年。」

說完轉身又走。她走了兩步以後，想起什麼似地，回頭跟我說：

「我看這期的封面也有去迪士尼樂園的抽獎印花，你剪下來，寄去抽抽看吧。」

故事講到這裡，我發現兩個兒子都已經瞪大眼睛，聽得入迷。

「結果後來你有沒有中獎呢？」大兒子問。

「很不容易呢，」我搖了搖頭，「你們想，有那麼多小朋友要抽獎，每一期的雜誌都有印花，可是只有一個頭獎。」

這個故事顯然和他們聽過的許多童話故事不太一樣。公主或者王子的夢想最後並沒有成功。因為這只是我自己的人生。

故事結尾有點反高潮，小兒子試著要補救。他問：

「那你為什麼不叫阿公和阿嬤帶你們去迪士尼樂園呢？」

該從何說起呢？首先，那時候爸爸媽媽還不認識，因此阿公阿嬤就不能帶著「我們」出國。還有，那時候是戒嚴時期，旅遊不是一個可以被接受的出國理由。再來，就算可以出國了，恐怕費用也不是一般家庭能夠負擔的……對一個幼稚園的小孩，這些答案簡直像是你必須向晉惠帝說明為什麼當人民沒飯吃時，不能吃肉一樣的複雜。我只好挑了個最容易的理由。

「因為那時候出國很貴，阿公阿嬤沒有那麼多錢啊……」

這個不成功的案例使得小孩子很緊張，小兒子又問：

「這樣的話，我們可不可以去迪士尼樂園？」

「拜託啦，我們真的很想去啦，」看著我們稍帶猶豫的眼神，就讀小學的大兒子也積極地加入說服的攻勢，「只要你們答應，我一定會乖，功課都是甲上三顆星。」

「我發誓上學一定不會拖拖拉拉……」小兒子說。

「我發誓以後吃飯一定不會狼吞虎嚥……」

……

他們爭先恐後地發誓，彷彿迪士尼樂園是一種新奇的藥，吃了立刻就可以治療好所有他們身上的慢性疾病似地。我笑著說：

「我要去拿一枝筆，把你們現在發誓的內容都寫下來，讓你們簽名。」

兩個兒子怕我後悔似地，又跳又叫地嚷著：

「U——P——我們可以去了！」

「等等，」一直不說話的雅麗有意見了，她還意猶未盡地想來段啟發性的討論，「你們說說看，為什麼爸爸小時候去不成迪士尼樂園，現在你們就可以去了呢？」

大兒子搔了半天頭，不得其解。最後他吞吞吐吐地說：

「我們……可能，很類似……中獎了吧。」

類似中獎？我差點笑得噴飯，快岔不過氣來時，小兒子也趕上來湊進一腳。他理直氣壯地附和著說：

「對，因為我們表現乖，所以比較容易中獎。」

說是汽車旅行，總得有個來龍去脈。雅麗想去黃石公園，我則想到美國西南邊幾個國家公園看看。我們買書、上網查資料、問去過的人，東拼西湊，討論了半天，一條符合大家心願的路線總算開始成形。

這個汽車旅行的計畫從蒙大拿州（Montana）的比令斯（Billings）小鎮開始。我們預定通過東北口的庫克市（Cooke City）進入黃石公園，暢覽黃石公園之後，往南穿越大提頓國家公園（Grand Teton）到達傑克遜（Jackson），轉鹽湖城（Salt Lake City）。接著從鹽湖城直駛莫阿博（Moab），繼續深入猶他州南邊的國家公園群。我們打算沿著西南走向的拱門（Arches）、峽谷地（Canyonland）、國會屋頂（Capitol Reef）、布萊斯峽谷（Bryce Canyon）、大峽谷（Grand Canyon）、錫安國家公園（Zion）一路暢遊，直達拉斯維加斯。等見識過賭城風華之後，再接續穿越內華達山區駛向終點站——洛杉磯迪士尼樂園。

我們拿出紅筆在地圖上大筆揮灑，畫出行進路線圖。拿出計算機約略計算一下，才發現行經的路程有三、四千公里，差不多是平時我在台北開車接近一年期間的總里程。老實說，我從來沒有走過這條路線的任何一個部分，整個計畫的龐大程度也有點超乎我們這種家庭的生活常態經驗。

可是正好我們興致來了，想做一點不太一樣的事。大家都覺得很滿意，於是就那樣定案了。

39

回想起來，我和孩子們最初的相處其實是充滿挫折的。

我記得大兒子剛開始上幼稚園的時候，我興致勃勃，一早就開車載他去學校。可是小孩子總是賴床，不但三催四請才能起床，還得侍候刷牙、洗臉、穿衣服、餵食早餐。好不容易打扮完整，載到學校已經遲到了。那時候，小孩子剛上學，總是狀況不斷，說髒話啦、搶別人的玩具、上課不專心啦……我們就得像是一對追著尾巴轉的老狗，不停地去學校溝通、了解、點頭、道歉。回家跟小朋友討論、說服、威脅、教訓……

我記得有一次，我們坐在車上，又快遲到了，大兒子不以為然地說：

「都是你，開慢車道。」

那時候，他還不太會表達，可是我知道他的意思。一時之間，我長期累積的挫折全部爆發開來，我緊急煞車，把車停在路邊，對兒子大聲叫嚷著：

「你下車！」

坐在車上的雅麗也嚇了一跳，忙著安撫我。

「你不曉得感激就算了，還把責任賴給別人。我只是你的爸爸，不是你的奴隸。你得自己起床、刷牙、洗臉、吃早餐，自己上學！」我就在馬路旁吼叫著，「下車！我不要再當你的奴隸了。」

我看得出來大兒子被我嚇得半死。可是我失控的情緒根本無法收拾，最後雅麗只好帶著小孩下車，搭了另一部計程車去上學。

發完脾氣之後，我自己覺得懊惱，跑去找當年寫《小太陽》的資深老爸——子敏老師。子敏老師叫我不要擔心，他笑咪咪地說：

「小孩之所以是小孩，就是因為他們有犯錯的權利。反過來，做父親的也有不斷地告訴小孩什麼是對錯的權利與責任。有時候，這要花很久的時間，做父母親的不能太心急。小孩慢慢會長大，一旦時候到了，他想起父母親曾經告訴過他那樣的話，於是他就改變了。」

這話聽起來很玄，我只好又問：

「那你怎麼知道孩子一定會變好呢？」

「每個生命都會給自己找出路。父母親要對自己的孩子有信心，這樣孩子自己才會對自己有信心。」

這些聽起來有點像是某種宗教信仰的意見，回想起來我最初其實是不太懂的。不過子敏老師的態度宛如和煦陽光，讓我覺得自己實在是個心胸狹隘的父親。

我決定聽從建議，我和小孩一起去買他喜歡的鬧鐘，希望他自己能夠靠著鬧鐘起床，建立起自律的習慣，於是我們家有了第一個鬧鐘。當然，父親和兒子並沒有從此過著幸福快樂的生活。隨著時光過往，我理解到單靠鬧鐘就想改變一切是多麼不切實際的想像啊！我們的鬧鐘往往只能叫醒小孩子一根手指頭，再不然，鬧鐘不小心被孩子玩得五馬分屍、開膛破肚、曝屍野外……不一而足。

漸漸，家裡有了愈來愈多奇奇怪怪的鬧鐘，比卡丘的鬧鐘、會唱歌的鬧鐘、用世界各國語言說著早安的鬧鐘、只剩下一根指針的鬧鐘、根本不會走的鬧鐘……早餐桌上有鬧鐘，廁所有鬧鐘，浴室、臥房……到處都有鬧鐘。那些鬧鐘，有些是為了起床，有些是為了上學，有些是為了做功課，有些是為了紀律，有些為了進步，有些是負責、守信……每一座鬧鐘，都使我想起那些和孩子奮戰的煎熬與斑斑血淚。

有一次，那些鬧鐘全部都響了起來，大呼小叫地到處響著，我拚命一個接著一個地按，可是怎麼按就是沒有辦法讓它們停下來，它們愈來愈多，而且叫得愈來愈大聲。我奔波喘息，筋疲力竭。

最後我從床上驚醒，才發現是噩夢一場……

為數眾多的鬧鐘，大模大樣地占據住家裡的空間。鬧鐘滴滴答答地走著，沉默地隱藏著我們的期望。每一座鬧鐘都是一個凝視，看著孩子的未來，也看著我們內心的焦慮。

這很弔詭，過了一個年紀以後，人最渴望的是自由自在地為自己活著，我想盡辦法，費盡力氣掙扎，無非只是想要擺脫掉那些別人期待我成為的那個人。可是為什麼，當我們在教養小孩時，又重複地給他那麼多的期待與凝視？

這樣一想，我忽然覺得，不管我怎麼期待、怎麼要求我的孩子，那都是我的期待、我的要求，這裡面，無論如何，不會是小孩自己的期待與要求。

那孩子對自己的期待又是什麼呢？

我靈機一動，把大兒子找來，花了一個下午的時間和他長談。

「如果可以整天玩，不要寫功課，無憂無慮的，那最好了。」他正經地表示。

小孩的希望乍聽之下很荒謬，可是我既然想和他多談談，何不陪他一起想看看呢？

「好，我們來想看看能怎麼辦。嗯……」我很認真地想了想，「這樣，我把印章交給你，完全不管你，每次你不想寫功課時，就自己蓋章。」

大兒子有點訝異，我竟然「真的」在討論這個問題。

「可是不行啊，這個辦法不好。」他笑著說，「就算你蓋了章，功課不寫老師還是會看到。」

「要不然，」我說，「我打電話給老師，拜託他，允許你不要寫功課。」

「可以這樣嗎？」兒子試探性地問我。

「如果你希望這樣的話，我現在就打電話。」說著我拿起電話作勢要撥號。

「等一下，先讓我想一想。」

我笑著說，「我覺得這個方法還不錯啊。」

「哪會不錯？全班只有我一個人利用特權不寫功課，這樣我丟臉死了……」

「那我打電話給每一個家長，叫他們不准小朋友笑你……」

「唉——」兒子歎氣說，「本來還沒多少人知道我不想寫功課，你電話這麼一打，我簡直全校轟動了。」

我不死心，再接再厲。

「還有一個徹底解決的辦法，你不要去上學了。」我說，「不要上學，就沒有功課，這樣你就可以整天無憂無慮的。」

「不去上學，」兒子笑了笑，他的興致似乎來了，「好，我不去上學了，那我做什麼？」

「你可以在家裡讀書寫作啊。」

「那太無聊了。」

「要不然我請媽媽幫你問看看有沒有適合你的工作？」

「工作？」

「為什麼不行？」

我請雅麗在她的牙醫診所幫他打聽。過了幾天，真的打聽到了一家裝訂廠，每天下午需要有人去清潔地面，並且把裁在地上的垃圾打包收集。沒有危險性，又不複雜，月薪三千多元。

「這種工作很輕鬆，你在學校打掃時都做過，一個月下來的薪水可以請三十個同學吃漢堡、炸雞。怎麼樣？」

一旦這個選擇看起來真實而明確時，我的大兒子顯得謹慎得多了。

「你確信我這麼小可以不上學？」他問。

「老實說，我不知道這樣是不是合乎規定。如果不寫功課是你的願望，那我就盡量幫你實現，」我告訴他，「我聽說有一種在家自學的辦法，我可以去打聽看看，聽說得辦不少手續……」

「我可不可以考慮幾天？」

「你要考慮幾天？」

「三天。」他說。

「好。」

兒子的媽媽聽過我們的對話之後很緊張，私底下問我：

「你真的同意讓他不去上學啊？」媽媽一臉疑惑地問我，「萬一三天後他說不想讀了，我們該怎麼辦？」

我安慰雅麗說：

「每個人早晚都得選擇自己的人生。妳先不要擔心，讓他試看看嘛。暑假快到了，萬一他想去工作，妳就拜託妳的朋友照顧他，每天下午讓他去試看看嘛。他沒試過，怎麼知道自己要什麼呢？」

我告訴雅麗一個朋友的故事。他的孩子考上了大學後覺得讀書沒有用，不想去註冊。他的家人說好說歹都勸不了他，只好隨他去。他的母親不放心，偷偷幫他保留了學籍，還怕他知道。孩子自己跑到高雄去打工，一年後，後悔了，覺得讀書還是很重要，偷偷跑回去重考。放榜之後成績並不理想，非常懊惱。母親知道以後，告訴兒子曾替他偷偷地保留學籍，問他願不願意回去就讀，結果是皆大歡喜，現在這個孩子都已經是博士了。

「萬一那個孩子不後悔呢？」

「我不覺得學歷是成功唯一的條件，至少我就覺得他比別人都有想法，也敢為自己的生命負責。」

「別忘了，人家已經上大學了，你的孩子還只是小學生。」

……

我們就這樣忐忑不安地討論著。

過了三天，吃晚餐的時候，兒子終於宣布了他思索後的答案：

「我想我還是去上學好了。」

「為什麼是這樣的決定呢？」媽媽的表情顯然鬆了一口氣。

「我想，學校有很多有趣的同學，也比工作好玩。再說……」

「再說什麼？」

「不讀書，什麼都不懂，實在很沒意思……」

這可有趣，平時這應該是我們說給他聽的話。

「那不想寫功課怎麼辦？」我問。

「其實功課沒有那麼麻煩啦。」

「所以？……」

「所以，我一樣去上學，一樣寫功課。」

「繞了半天，」我說，「什麼都沒有改變嘛。」

說沒改變，其實不然。至少那以後，大兒子從來沒有再抱怨過任何和寫功課相關的事情，甚至連皺個眉頭都沒有。雖然我不覺得同樣的方法適用在所有小孩的身上，不過這個方法顯然對我們家大兒子有效。後來我們又和他談了他所有的學習，除了繪畫和鋼琴課按照他的意願停掉或者縮短時間外，其他都得到他的同意。像被仙女杖的魔法點過一樣，凡是他自己真心想要的事，哪怕再平凡無奇、再奄奄一息，那件事立刻就出現了熠熠的光芒。

這件事真的嚇了我們一跳。

40

我們就那樣興奮地計畫著、安排著，想像中的家庭旅行的計畫也愈來愈成形。

時光不知不覺地溜走，而願望是生命最強而有力的翅膀。有一天，日子到了，於是我們放下了很多事情，乘著那些翅膀，飛抵了這趟盛夏旅程的起點。租來的克萊斯勒大汽車載著我們離開比令斯小鎮，往黃石公園的方向前進。汽車上面坐著四個人，歡呼、尖叫的聲音就跟當初下定決心要來時一模一樣。搖下車窗，陽光亮麗驚人，空氣卻清爽冷冽。儘管戴上了太陽眼鏡，還是有些什麼無可阻擋地穿透了進來，分不清楚風或陽光，是冷還是熱。

那個夏天實在是很美好的經驗。一路上，我們見到了黃石公園、大提頓公園如詩似畫的山水、猶他州遼闊又孤寂的荒地、博物館各式各樣的恐龍化石、國家公園嶙峋的奇石、峽谷縱橫的地理景觀、內華達廣大無邊的沙漠，以及奢侈浮華的賭城……

汽車用時速一百多公里的速度在無人的公路上行駛著，州際公路常常就那樣筆直地通往前方天地交接處，不需轉彎，也不需改變速度。走了好久，除了吹過的風以及快速後退的交通標誌還真實以外，一切都讓人產生錯覺，懷疑汽車是不是靜止不動？

天空偶爾飄過來一片巨大的烏雲，遮蔽了州際公路。一會兒，閃電打雷，疾風暴雨追打汽車，弄得你手忙腳亂，好像驚狂永遠不會結束似地。可是一剎那，汽車走出了那片雲，一切又恢復了原來的陽光亮麗，那種感覺很奇怪，如夢似幻。從後照鏡看去，雲還在，落下來的雨像黑色的絲紗床帳，籠罩著那一小塊詭譎的空間。汽車走遠了，陣陣凌厲的閃電還在裡面交織，聲音已經聽不到了，可是感覺上總有些什麼還在陰森森地冷笑著。

太陽每天在我們的皮膚染上更深的色澤，我們彷彿可以聽見內在有些僵硬的什麼一層一層剝落的聲音。

帶著孩子做長途汽車旅行，每天尋找地圖上的路標、摸索的過程，對未知充滿期待以及發現的驚喜，讓我們又回到童稚的心情，重新經歷了一次類似成長的旅程。三千八百多公里的路上，我們與自己的孩子處在相近的狀態中，一起好奇、探索、等待、歡笑或者是難過。

汽車一路往前開去，說是想多了解孩子，其實旅行的過程中，反而是孩子了解了我們。很多時候我們看錯地圖、走錯路、時間耽擱，或者是找不到歇腳的旅店。孩子們理解到，父母親並不真的像他們想像那麼萬能，也跟著著急地看地圖，指認路標，或者用簡單的英文幫忙問路（在台灣是那麼害羞地不肯開口），幫忙推送行李。突然間，他們不再賴床，自己會整理行李，也不再粗心大意，總是需要人家提醒……

那時候，我開始想，或許父母親應該停止對孩子的焦慮與期待，好好地與他們相處當下擁有的每一分每一刻吧。父母親癡心地想把他們訓練得完美無缺，甚至恨不得替他們負擔一切，其實是不可能的。每個孩子的生命都有自己的想望與挑戰，他們得自己享受、自己承擔，就像我們自己不也一樣跌跌撞撞走過了青澀的歲月？對他們而言，現實與挫折或許是更好的老師，這些事，父母親能幫忙的實在很有限。沒有一個孩子不是離開了父母的保護之後開始變得茁壯的，父母親得一點一滴地讓出那個位置才行。

孩子們在懷俄明州學會了騎著高過他們身體的馬跨越山巔，也在科羅拉多河的急流中很快熟悉了泛舟的技巧，這些早就超出了我的生命經驗。看著他們學習的速度，實在令人吃驚。就像時光不曾稍息一樣，其實孩子從來也沒有一刻停止過成長。我在想，或許我們都因為關心，因此太過用力了。

我們就這樣一路開著汽車旅行。汽車行駛在十五號州際公路上，越過內華達的山區，往洛杉磯的方向疾駛。那時候，子敏老師的話忽然一閃而過。

每個生命都會給自己找出路。父母親要對自己的孩子有信心，這樣孩子自己才會對自己有信心。

遠方的公路明顯地標示著前往洛杉磯所需的里程數。孩子忽然興奮地從後座趴過來前方座椅靠背，露出一個頭來問我：

「我們快到迪士尼樂園了對不對？」

視野所及是美國西部一望無際的風光，心情似乎也呼應著那樣的開闊。我回頭看了他一眼。不曉得為什麼，我並沒有回答，只是高興地笑著。

41

我們終於到了洛杉磯位於安那罕（Anaheim）的迪士尼樂園，買了入場券，坐著單軌車進入了屬於孩子的夢幻園地。

迪士尼樂園之大、遊客之多有點超乎我們的想像。雅麗不放心地給小孩子和大人各配發了一支無線電通訊，雖然無線電已經提供了幾百個頻道，可是我們一整天還是可以在設定的頻道聽到別人的聲音，重複著相同的話：

「Where are you?（你們在哪裡？）」

甚至國語、廣東話、閩南語，南腔北調都有，你很容易就可以辨認出來，還是那句同樣的話：你們在哪裡？

孩子們一下子在未來樂園（Tomorrowland），一會兒是夢幻樂園（Fantasyland），過了不久又在叢林樂園（Jungleland），他們又叫又跳，玩了這個，還要那個。手裡拿著、嘴巴吼著、眼睛看著、心裡想著，根本沒有一刻停得下來。

孩子玩得滿身大汗，跌倒忘了要哭，吃中飯也沒心情，隨便抓了幾個漢堡、可樂將就。媽媽帶著孩子們排了一個又一個的隊伍，玩遍所有能夠轉圈、迴旋、爬上去、衝下來、前進、後退……

我坐在樹蔭下，看著世界各國的孩子那麼瘋狂地玩樂著，看著全世界的父母親露出了心甘情願的笑容。不知道為什麼，我想起這裡曾有我童年時沒有完成的夢，忽然有種說不出的感傷。一時之間，我理解到我的童年過去了，而那個夢想也隨著童年失落了。不管孩子玩得再開心，這一刻我只是一個為著孩子感到快樂的父親。那種心情有點無奈，我第一次深切地感受到，原來孩子和我的生命是完全不一樣的。我們不擁有孩子，孩子也不擁有我們；我們都只是自己，得為自己的生命好好地活著。

想想，或許父母親對孩子的責任就是和他們一起創造美好的童年吧，而不是對他們的未來無止無盡的期待與焦慮。如果這些回憶能讓他們擁有發自內在的想望與熱情，那應該也就夠了。有一天，孩子長得夠大時，他們會了解，不管他們經歷了再大的困難，是那樣的想望與熱情，讓他們敢在重重的束縛之中，想要成為自己。也只有那樣的想望與熱情，人才有能力去愛、去承擔、去享受並且超越。

孩子們在迪士尼玩得神采飛揚，直到夜幕低垂，閉園的時刻到來。夢幻大街上響起了隆重的音樂，米老鼠、米妮、唐老鴨、高飛狗、白雪公主以及她的小矮人，各式各樣的卡通人物都出來遊行，快樂的與遊客握著手。我們就坐在行道旁欣賞著這場生動有趣的閉園儀式。一會兒，滿天星空開始綻放燦爛如花的煙火，在夏天的夜裡，一波接著一波。滿園都是孩子驚奇的歡呼和掌聲。

我忽然覺得，生命何嘗不是一趟迪士尼樂園的旅程呢？我們都只是在這裡盡情歡樂的遊客，時間到時我們都得離開。

因此，輸贏與成敗都只是遊戲的一部分。而人生美麗，時間寶貴，沒有人會因為跌倒而覺得挫折，更沒有人願意坐在陽光下哭泣。我們彼此微笑，因為我們快樂的心情滿溢。沒有人在這裡累積財富、權勢，因為在這裡，歡笑的時光比外在一切的擁有還要珍貴……

我們只想盡情玩耍，恣意歡笑；我們要排所有的隊伍，參與所有的遊戲；我們要用盡力氣，拍掉所有的底片，看盡所有的風光，直到夜幕低垂，華麗的遊行隊伍走在夢幻大街上，一波又一波的煙火綻放如潮似浪。那時候，閉園在即，夏夜微風，滿天星斗，回憶與心情動人而愉快。

那時，我們才願意無怨無悔地離開。我們深吸了一口氣，終於告訴自己，夠了。

離開迪士尼樂園往旅館走著，孩子們非常高興，一路都是說不完的故事和細節。一走進旅館房間，大兒子就伸著懶腰告訴我：

「我從來不知道，原來玩也會這麼累。」

小兒子點頭表示贊同。說完兩個孩子躺在旅店的彈簧床上，變魔術似地，一下子沉入了深深的夢鄉。

「兩個孩子都還沒有漱洗呢！」雅麗皺著眉頭。

「別吵他們了吧，」我笑著，「正作著快樂的美夢呢！」

洛杉磯安那罕的夜色靜美安好。夢想無聲無息地在孩子們的回憶裡烙印著歡喜、快樂，烙印著一些無法忘懷的什麼……

孩子輕輕地翻了一個身，嘴角微微上揚，彷彿一整天的笑意還沒止息。

42

從美國回來以後，忽然想起，當年我為了參加去迪士尼樂園的抽獎，偷偷撕下了圖書館雜誌的印花被管理員逮到時，我的父母親沒有足夠的經濟能力，卻讓我訂閱了那本兒童雜誌，還讓我去抽獎的往事。這麼多年我耿耿於懷當時的失落，可是我何曾想過，當時他們又是怎麼樣的心情呢？

我記得電影導演侯孝賢有一次和我談到了他那部自傳性的電影——《童年往事》。

「電影結束在我的祖母過世那一幕，那時候，我的童年也結束了。當祖母被發現死在家裡床上時，已經過世好幾天了。她全身僵硬，背上都長了褥瘡。我一直記得鄰居用著很奇怪的眼光看著我們，好像在指責著：你們這些不孝的孩子。多年來，我一直帶著那樣的罪惡感活著，只要想起我的祖母，我就有一種深沉的自責，無法釋懷。」侯孝賢說，「我試著在電影裡用一種距離去觀看自己，拍著拍著，我忽然理解了年輕的自己為什麼會拒絕了那個走向衰敗、死亡的家庭中的許多事情。那時候我是那麼地年輕，生命都得為自己找到出口，青春是一種自私、又無可抑遏的必然。想起來，拍《童年往事》有點像是我和自己和解的過程。拍完了之後，我理解到所有的事情，我知道，我必須原諒自己，也要原諒別人。」

帶著孩子去迪士尼樂園玩，有點像是角色扮演的遊戲一樣，讓我把幾十年來父母與孩子之間不同的關係全部扮演並且體會了一遍。這些體會，忽然讓我有了不同於過去抱怨與掙扎的心情，重新去看待自童年起一路加諸在我身上的種種期待與凝視。

這些期待的背後，很可能也充滿了許許多多理所當然的心情吧。像是貼在榮譽榜上面的照片、只呵護我成為好學生的教官、父母親與我前三名的約定、鞭打學生的藤條、叫我要做點別的有用的事情的老師、我在醫院的長官、希望我講出一些道理的電視導播、讓我簽名的讀者與人潮……這些逼著我競爭、領先，逼著我不快樂的許多關心，恐怕也只是每個人扮演著不同角色不同立場時無可抑遏的心情吧？那些心情，何嘗不也承擔著各自的焦慮與煎熬呢？

年輕的時候，我們和很多人、很多事，有很多的糾葛。那時候我們有很多不自覺、不得已，覺得別人辜負了，或者是對不起自己。漸漸長大，看事情的立場改變了，我們發覺原來每個生命都得為自己找出口。這裡面有種無可抑遏的自私與必然，遠超過我們對人與人之間關係的期望。很多時候，讓我們覺得挫折的不過只是我們的預期，不是真正的對與錯。

因此，恨一個人的時候，就算咬牙切齒，深仇大恨，不共戴天又如何呢？一種關係一旦成立了，不管是愛或被愛、恨與被恨，是好是壞，其實都是相互依賴的兩端。當一端承受著力量時，另一端必然也相應地負擔承受。因此，當我們一天辛苦地恨著、怨著，我們自己也就一天承擔著，被那個怨恨束縛著。隨著年紀漸長，過去生命中大部分的情仇糾葛，其實已經不能再造成任何傷害了。是我們繼續用力掙扎，耗費能量反抗著、埋怨著、疏離著、逃避著……把自己跟這些緊緊綑綁。

我在和孩子的旅行的經驗中，一次一次心情變得更柔軟。就像侯孝賢說的，我們得和自己和解。

每一次我們原諒了自己，也就原諒了別人。

43

或許人與人之間的關係只是一種歡喜在一起的狀態吧。正是因為生命都得為自己的找出路，因此，我們沒辦法要別人走我們期望的路，更不可能分擔或者是替別人活著。

一個人喜歡和另外一個人在一起，這就成立了一種關係，這個動力不存在，人跟人之間就沒有關係了。不管再親密的父母子女、兄弟姊妹、夫妻伴侶、男女朋友，再怎麼用力綑綁、期待、要求……少了那樣的高高興興，沒有關係就是沒有了。

春天快到的時候，我跟著父親母親到風櫃斗去看梅花。我們在梅林間散步，迎面芬芳的花香撲鼻而來，滿山遍野都是白色繁花點點，如霜似雪。

坐在路旁的石頭上休息，母親忽然若有所思的說：

「你小時候，我們從來沒有想過，你將來會寫作，變成一個作家。其實早知道是這樣，當時一定不會阻止你看那些亂七八糟的閒書。」

說完，我們都笑了。一陣風輕吹了過來，吹得山林一片落英繽紛，爛漫而華麗。一時之間，我想起了過往的許多事情，心裡忽然有千言萬語，不知從何說起。我只能牽起母親的手，對她說：

「媽媽，謝謝妳，謝謝妳為我所做的一切。」

冬日的陽光透過斑駁的枝葉溫煦地照著母親，我像個孩子一樣地看著母親的臉，忽然覺得，人生真是神奇的一件事情。

第六章

有時候，我懷疑是命運之手在那個轉彎處，粗糙地動了手腳拉我一把，讓我走上它要我走的路……

44

我第一次想離開醫學是十多年前的事。那時我大學四年級的基礎醫學的課程剛結束，擁有了可以考研究所的資格。我心想，或許這是最好的時機。因為再往下走，就進入臨床醫學的階段了。將來我投入的時間愈多，一定會愈捨不得離開。

當年的理由也很單純——我想去美國加州學電影。八〇年代初期，整個台灣政治、經濟、文化的氣氛都在轉型，我第一次看到伍迪艾倫的《星塵往事》，整個人有種觸電的感覺。接著國際影展在台灣轟轟烈烈地辦了幾年，我們也跟著大開眼界地看了柏格曼、楚浮、布烈松、高達、布紐爾、費里尼、維斯康堤、安哲羅普洛斯、塔可夫斯基……這些電影大師的電影。那也是台灣新電影的美好年代，侯孝賢才拍完了他的《童年往事》，楊德昌、王童、萬仁、李祐寧……都不斷有新作品出現。我在學校裡和一群電影狂熱的學弟妹負責電影委員會的運作，我們在學校的大禮堂播放電影，並且舉辦大島渚、小津安二郎等小型的導演個展，邀請影評人來學校演講。

電影累積了百年的風華，忽然呈現在我們眼前，我們簡直像是掉到糖果堆的孩子，貪婪、興奮、飢不擇食。儘管那幾年醫學院的課業沉重，我還是卯起來一年看三百多場電影。有時候放假日帶著麵包飲料，一天連趕看五、六部戲。一大清晨走進電影院，整天陰陰霾霾地泡在陰暗的光影裡，等三更半夜走出電影院，仍是烏漆抹黑的天空。回到家裡累得衣服都來不及換下，和衣就睡，夢裡全是電影的片段，從這一場跳到那一場……隔天清晨醒來坐在床上，反倒愣住了。我是誰？我在幹什麼？要花了好一會，才想起自己是誰，覺得好生失望，自己的人生一點都不夠轟轟烈烈。

我的父母親很不贊成我放棄醫學的想法，覺得太瘋狂了。反正說好說歹，無論如何就是不能同意。我懊惱地去找另一個學長討論，他那時候已經在醫院擔任住院醫師了。他問我：

「你喜歡醫學嗎？」

「老實說，我不知道我喜不喜歡。」

「嗯，其實沒有人這麼早就能搞定。你得經過了見習、實習這個階段才知道真正的滋味。」他摸著下巴，深思熟慮地說，「我這樣問好了，你討厭醫學嗎？」

我想了想，「並不討厭。」

「你好不容易讀完了基礎醫學，就要開始進入見習、實習，」他笑著看了我一會兒，「其實你正打算放棄一個並不討厭的行業，開始一個新的領域，這聽起來是有點不切實際……」

我完全被說服了。說服的理由說起來有點好笑，與其要說是我學長的邏輯，還不如說是他的用語。學科學的人常有一種莫名其妙的驕傲，儘管浪漫不是什麼壞事，可是任何想法一旦和「不切實際」有了牽扯，那簡直就變成了低級下流。就這麼簡單，「不切實際」這個用語讓我暫時放棄了去學電影的念頭。

我後來體會到學長的話其實是有道理的。在我擔任實習醫師的過程之中，很多在教科書索然無味的知識變得趣味盎然，原來和我沒有關係的人也因此有了深刻的接觸，我看到了許多疾病，更體會到不同的生命面向。我開始把這些震撼用短短的篇幅寫下來，投稿到校刊、報紙副刊或者一些文學雜誌，除了少數的退稿之外，大部分的文章竟然陸陸續續被刊載出來。

我開始浪漫地想像，如果我拍不成電影，也許可以退而求其次，做個醫生作家，畢竟寫作的門檻比拍電影低太多了，更何況契可夫、毛姆、渡邊淳一這些前輩都是我最好的榜樣。

我當時的女朋友，後來變成了我親愛的老婆——雅麗，對我的想法不置可否。她說：

「每個寫作的人都自認為有才氣，可是有沒有才氣不能只是主觀的一廂情願，必須有客觀的認定才可。」

「妳認識我這麼久，妳說我有沒有才氣？」

「我覺得你很有趣，」雅麗一本正經地說，「可是我不知道你有沒有才氣，我不是這方面的專家。」

雖然後來我們都覺得那是很愚蠢的做法，可是我決定去參加文學獎來證明我是不是有足夠的才氣繼續寫作。我和雅麗約定，如果我參加比賽落選了，我願意放棄寫作這個念頭，從此死心塌地做一個醫生。

「如果你真的得獎了，」雅麗說，「這輩子我會支持你寫作，無怨無悔。」

我使盡全力寫了一篇散文，投稿參加《明道文藝》和《中央日報》合辦的全國大專學生文學獎。幾個月後，評審的結果揭曉，我得到了散文組的佳作。我和雅麗曾為了這個佳作算不算是文學獎有過一番爭論。後來我參加頒獎典禮，真的領到了獎牌，還領到五千元獎金，請了雅麗吃完全套的燭光晚餐之後，這個爭論總算塵埃落定。

過了很久以後，再看到得獎的那篇散文時，我常常有一種汗涔涔的感覺。當時我還不曉得怎麼俐落地應用文字，更無法精確地掌握節奏。雖然評審們寫了好評，說明得獎的理由，可是在我看來，就算站在鼓勵年輕業餘作者的立場，那些好評也顯得太過溢美了。我一直覺得那次我的實力不應該得獎，可是我竟然得獎了，那個獎不但鼓勵我繼續寫作，也改變了許多我以為是人生中已經預定好了的事情……有時候，我懷疑是命運之手在那個轉彎處，粗糙地動了手腳拉我一把，讓我走上它要我走的路。

那次比賽之後，我開始積極地參加各種文學獎。我在兩年內，贏得了七、八個大大小小的文學獎。這些文學獎一方面讓我有足夠的零用錢負擔浪漫的戀愛，以及花前月下背後昂貴的現實面，追到親愛的老婆。另一方面，這些文學獎，也讓我開始覺得，或許當個醫師作家那樣的假設，是一個可行的辦法。

後來我變成了實習醫師，面臨將來專科的選擇。那時候，我已經把能夠繼續寫作當成選科的基本前提。我很快就知道我不會變成一個內科醫師。到了外科實習時，我的決定更是俐落。那時候外科醫師一個月值班二十一天，禮拜

六、禮拜日還要來醫院替病人換藥，平均一天只能睡三到四個小時。我很確定，如果我想變成一個外科醫師，那我永遠不會有時間寫作……

我也到小兒科、耳鼻喉科、眼科、神經內科實習……離開的時候，我很清楚地知道將來我並不屬於這裡。

……

終於到了麻醉科實習時，情況稍有不同。

在手術進行的過程中，麻醉醫師是分秒必須盯著監視器看的。按照規定，為了保障病人的安全，在一天通宵值班之後，麻醉醫師必須被強迫休息。我很喜歡這個被別人強迫休息的感覺，好像是某種特別的優惠似地，這使得我有一些想像的空間。我心想，如果我值班到清晨八點鐘交班，回家躺在床上呼呼大睡到下午三點鐘起床，這麼一來，直到隔天八點上班前，我會有一段不受干擾的時間，可以寫作……

後來發生了一件事情，讓這樣的想像變成了真實。

那一次我在婦產科值班，和產科總醫師一起進行剖腹產手術。在胎兒拿出來之後，病人的子宮收縮無力，開始流血不止，那是我第一次看見產科的大出血。鮮血一波接著一波冒出來，抽吸瓶很快充滿了血液被拿開，又換上新的空瓶。半身麻醉的病人呈現休克狀態，很快失去了意識。當時產科的總醫師氣焰頗為囂張，不過看到這個情況，顯然他也亂了方寸。

「準備器械，我要做全子宮切除。」

產科總醫師叫嚷著。不過情況看起來很危急，不管怎麼抽吸，骨盆管裡面的鮮血很快就滿上來，根本搞不清楚是哪裡在冒血。

麻醉科的總醫師就是在那個最忙亂的時候出現的。我記得很清楚，他出現的時候，臉上有一種知道該怎麼辦的表情，這使得他跟在場所有的人看起來都不一樣。麻醉醫師很快地做了氣管內管插管的動作，對病人進行全身麻醉，接著他又打上了中央靜脈輸液導管，指揮若定地分派開刀房的工作人員抽取藥物或進行輸血，進行必要的措施。

「你不要急，慢慢來，」他看了看病人的骨盆管，又看了產科總醫師一眼，「不管病人血流得多厲害，我給你三十分鐘，把子宮拿下來，夠不夠？」

我瞥了一眼，看到病人的情況暫時穩定了下來，血壓不再往下掉了。產科總醫師看著他，臉上有種像是感激、又像是不敢置信那種難分難解的表情。產科總醫師很快低下頭去進行子宮切除。少了時間的壓迫感，產科總醫師很快夾住了幾條重要血管，一層一層地剝離組織，慢慢地，抽吸管出來的血流速度變慢，病人心跳的速度不再那麼快了。

整個子宮拿下來時，麻醉科總醫師已經輸進了六千西西的血液，外加血小板以及許多凝血因子，病人身上流動著的，可能都不是她自己的血液了。

又過了半個小時之後，產科總醫師總算止住了血，把骨盆腔一層一層地縫合了起來。麻醉科總醫師拔掉了氣管內管，小聲呼喚著病人。病人先是迷迷糊糊，接著神奇地輕輕吟哦起來。麻醉科總醫師鬆了一口氣，愉快地笑著說：

「她會沒事的。」

他說完，沒發生過什麼事似地，悄悄地離開了手術室，我簡直就要在他的頭上看見一圈神聖的光環。我深深地吸了一口氣，那種「有光環」的感覺讓我有說不出來的嚮往，那時候我告訴自己，對了，這就是我要選擇的專科。

45

後來，經過了一些事，我開始旅行。我的旅程來到了西藏。

來到西藏，本來預期應該會有一些感動或震驚，沒想到什麼事都沒有發生，只有一種茫茫大海裡的孤寂感，沒有方向，也不曉得要飄到哪裡去。

西藏太大了，坐著汽車走西藏，三天三夜，在歐洲可能是五個國家、十二個城市，可是西藏還是西藏。汽車搖啊搖地，窗外盡是灰撲撲的土磚房屋、幡旗、寺廟、僧侶……所有人為的色調都低調地沒入大自然的氣勢中。

或許是那樣大的地理空間，襯托出了西藏的緩慢。所有的事情在西藏都是緩慢進行的，像是稀薄的空氣讓你行動緩慢；寺廟經文朗誦讓你習慣緩慢；遠方偶爾可見的朝聖團更是緩慢。他們整齊劃一地跪下來做大禮拜，站起來，往前再做大禮拜，就這樣一次一個大禮拜的身距，無聲無息地沿著地平線前進……

偶爾，汽車在公路上遇見崩塌停了下來。高原上的荒地無邊無際的。想要上廁所的人分成男女，各自兩邊散開。大自然根本沒有什麼隱私權的問題，天地之間那麼遼闊，人到了這裡，不管你做什麼，都只成了荒原上風景的一部分。

這個「緩慢而無效率」的旅行，讓我慢慢跳脫了原來習慣的生活與節奏。等最後我們到達雅魯藏布江畔時，旅程已接近終點，我在雅魯藏布江江畔坐了一個下午，靜靜地凝想那些發生在旅程中從不耐到融入的心情轉變。

我發現，我們所賴以成長的這個理性的進步文明，必須靠著競爭與比較做為原動力，因此，我們從小在這樣的教養之下長大，內化了這樣的文明慣性，不知不覺地形成了不斷地和別人比較效率、物質與成就的累積……的習慣。久而久之，人不知不覺地依賴這樣的參考座標，理解自己在這個社會相對性的存在。

西藏荒原上緩慢的一切，使得既有的相對座標通通消失了。那時候，我們從最初的無所對照、無法適從，被逼迫回到一種不得不對照參考自己的內在生命座標的情境，諸如，我要成就一個怎麼樣的生命？我想要體驗一個怎麼樣的人生？我內心真正在乎的又是什麼？我有點驚訝有那麼多無關緊要的外在價值、比較，瑣瑣碎碎地占據了我們的一生，以至於這麼重要的課題竟然很少在我的腦海裡面盤旋。

雅魯藏布江的江水緩緩地流動著，在江畔坐著，忽然想起了孔子也曾說過的話：

「逝者如斯夫，不舍晝夜。」

江水和我們在台灣熟悉的溪水很不同，它更遼闊、緩慢，不看它時，以為它是靜定的，其實它用自己的節奏，慢慢地走著，平和而溫柔地向印度洋流去。它是那麼地堅決又那麼地無可挽回。這種感覺，呼應著生命的時間感，讓我們驚覺到自己每分每秒都在老去。

我記得有一次，一個朋友感歎地告訴我：

「從前年輕的時候，好像什麼事情都可以累積、不斷成長，那時候什麼都不怕，失敗重新再來就是了。可是人過了一定的年紀，這種感覺消失了，樣樣都覺得害怕……接到朋友的訃聞，得了癌症的消息；孩子長大了，出國……總覺得一切都在往散的方向進行。有時候午夜夢迴，心驚膽顫，想得睡不著，可是卻一點也使不上力……」

天是藍得透明的天，地是大塊大塊的山陵起伏，雅魯藏布江的水緩緩地流動著。我想起小時候很喜歡蔣捷的〈虞美人〉這闋詞，當時還認真地把它背了起來。

少年聽雨歌樓上，紅燭昏羅帳。

壯年聽雨客舟中，江闊雲低，斷雁叫西風。

而今聽雨僧廬下，鬢已星星也，悲歡離合總無情。一任階前，點滴到天明。

年輕時當然很能體會紅燭昏羅帳的浪漫，可是當時並不太理解壯年聽雨的心情，雖然背的是江闊雲低，但從來沒看過真正的江闊雲低，更不曉得壯年明明是當家做主意氣風發的時刻，為什麼隱隱約約還會有斷雁叫西風這種悲涼的肅殺氣氛？

那天靜靜地坐在雅魯藏布江江畔，看著身邊的江水以一種難以察覺的方式流過，看著看著，忽然理解到，詞中所謂江闊雲低的大好風景，只是這個階段的風風光光表象而已。生命的本質其實仍是那隻流離顛沛的小船，在變幻的世事及流逝的時間裡飄搖擺盪。而西風底隱約叫著的斷雁之聲，與其說肅殺，還不如說是一種對未來人生即將面臨更多的失去，那種沉重的提醒。

我開始想，如果我們能擁有的是這麼有限，其實應該停止那些無止無盡想要變得偉大的欲望，對自己好一點吧。

或許人生能按照自己的希望活下去才是最重要的事吧……一個人生命中能達到最了不起的成就無非也就是發現自己，並且勇敢地成為自己。是那種能夠掌握自己生命的感覺讓所有的事情開始有了光采，也讓我們的感覺有了滋味。

那時候，我開始想，如果我一直那麼想要寫作，為什麼不趁著生命最好的時光，放手好好地去寫呢？

那樣的願望平和而溫柔。只是它一旦開始，一次又一次地呼喚著，就像雅魯藏布江的江水一樣，堅定而無法止息了。

46

距第一次想離開醫學的念頭十幾年後，當我在醫學生涯中安身立命，漸漸成為一個資深的麻醉專科醫師時，親愛的老婆第二次聽到了我要離開醫學這個領域。她有點不置可否，只是好奇地問：

「你不喜歡麻醉這個工作？」

「我並沒有說不喜歡麻醉，」我想了想，「我只是想要有更多的時間寫作……」

「你可以同時寫作又可以當醫生，這不是一直進行得很好嗎？」

我沒有說什麼，只是對她搖頭笑著。

「如果你醫院辭職了，」雅麗停了一下，「那目前你進行了一半的實驗以及博士論文怎麼辦？」

「我沒有什麼特別的打算，妳知道，博士學位其實只是從事研究的起點，如果你離開了這個領域，有沒有學位就不再是那麼重要的事情了……」

「從事研究也是當初你的理想之一。再說，研究是另外一種形式的創作，說不定你在實驗室找到新的熱情，將來的醫學生涯可以往這個方向發展……」

「我只是覺得自己不年輕了，想做一些內心真正想做的事……」

「我總覺得好像還少了些什麼，」雅麗笑了笑，「你是不是先熬一陣子，把博士學位拿到了，再決定該怎麼辦……」

雅麗的說法暫時打消了我的念頭，我自己的確也覺得還有一些沒釐清的什麼，需要多一點的時間。那時候我在實驗室正好遇到了一些瓶頸，無法突破。這種瓶頸激起了我的某種鬥志，我打算至少先解決問題，完成實驗以及論文再說。

那一、兩年間，我停下了手邊的寫作、演講或者接受訪問等雜務，全心投入實驗。我參加一些國際性的醫學會議，見識研究界的人物以及風範。我在這些學術會議上見識到全世界最聰明、最頂尖的研究人員，並且學會了他們如何提出重要的問題，呈現說服力十足的實驗證據，並且謹慎地歸納結論。研究界這些充滿創意以及務實的感覺讓我如沐春風，有一段時間，我陶醉在這種學習、求知的快樂裡。

我學習得很快，一、二年之內，我的研究成果開始被世界上排名領先的神經科學及藥理學期刊接受刊登。那時候，我已經提出論文口試申請，並且獲得指導教授及研究所的論文委員會通過。

我開始撰寫畢業論文，並且準備接受口試。按照原訂的計畫，我打算取得學位後立刻提出副教授升等的申請。如果一切順利的話，我將升等成為臨床副教授，持續進行著我的實驗，並且傾注全力，繼續升等。這些領先的快感，在我過去的人生經驗中其實是熟悉的，不過那時候我已經開始到處旅行了，經驗了一些新的體會。我寫著論文，不知道為什麼，隱隱約約總感受到一種不安與虛心。

那種虛心在於這些洋洋灑灑的研究成果，如果要從對人類貢獻的觀點來衡量，實在是無足輕重的。我懷疑我這些微不足道的成果，真能夠緩解世界上任何人的苦痛？這種與花費時間不成比例的研究成果，讓我生出一種強烈的渺小感。照這樣下去，我這一生從事的研究，除了展示學術權威或是升等的虛榮外，是不是只累積了更多為了領先而領先的虛榮？

我開始想，就算我用一生泡在研究工作裡，用青春歲月換來了一個白髮蒼蒼的教授、學者，到時候，我所能提供的回答，恐怕也僅僅只是疼痛過程中，一個小小的神經細胞、接受器，甚至是更無關緊要的細節。更不用說那些對我來說，更值得關心的事。人為什麼會愛恨？我們為什麼感到幸福與歡愉？生命的意義是什麼？如果我的一生擁有了世人以為飽學的知識，卻無法質疑或回答自己心中最根本的疑惑，那樣的人生我能滿足嗎？

那時候，教育部正斷斷續續地修訂著大學法的實施細節。到了我學位通過之前，正好新的大學法實施細節通過，正式公布實施。這個時間上的巧合，改變了一些規定，正好讓我原來得意洋洋的心情受到挫折，間接引發了後來的一些重大轉折和決定。

原來根據大學法新的實施細則，在講師與副教授資格間又多出了助理教授一級。依照新的實施細節，臨床講師在取得博士資格後，只能升等成為臨床助理教授，至於副教授升等，則必須在擔任臨床助理教授六年之後，才能夠提出。本來新的實施細節中規定了舊制度中的講師獲博士學位者，依法律不溯及既往的精神，「得」依舊制提出副教授升等申請。然而我所在的大學，傾向採用新辦法中的高標準認定，嚴格辦理。

有幾位熱心的教授為此在校務會議上提出覆議。許多權益相關的講師也因為覺得這樣的認定使得自己的權益受損，主動加入遊說工作，勸說他們認識的校務委員。

這個覆議與遊說的過程中，我感受一股看不見的阻力，來自已是副教授以上的既得利益族群。很多教授表面上對我們的遊說支持有加，可是卻在背後大潑冷水。有些教授不知道我是權益相關人，在別的遊說者離去後，當著我的面冷冷地說：

「年輕人一下子念完博士就是副教授，再沒兩三年一個個成了教授，我們這些老頭子找誰做事？」

也有一些教授直截了當地拒絕，不耐煩地斥責著：

「年輕人慢慢爬嘛，那麼急幹什麼呢？」

後來這個覆議案無法通過當然可以想見。我們在疼痛醫學裡面有個著名的問題：什麼樣的疼痛是可以忍受的？標準答案是：別人的疼痛。我那時覺得自己的權益受到傷害，忿忿不平。我抱怨既得利益者可以不在乎別人的時間、別人的心血和疼痛；特別是一想到那個教授說著年輕人慢慢爬時的表情時，就覺得自己彷彿是被關在監牢裡面、漫漫無盡地等待釋放的囚犯。我對醫院以及學術界一小部分權力爭奪的心態以及官僚作風早感到不以為然，當時更是覺得火上加油。我自怨自艾，覺得自己平白無故又多出了好幾年的刑期。

很久以後，再想起自己當時忿忿不平的情緒，就覺得有些可笑了。其實我正需要這樣的困頓，讓我平順的人生有機會稍微停下來思考。可是那時候我並不知道。

當外在的誘因愈來愈小時，我不得不被迫問自己，是什麼樣的熱情，支持我繼續再做六年的研究，得到本來以為我已經可以得到的頭銜？當然，隨著這個問題而來、更重要的問題是，又是什麼樣的熱情，支持我繼續再做一生的研究？

幾年以後，當我用不同的心態做過了一些事情以後，再回頭看，那些情緒的部分漸漸沉澱下來了。那時，我更能用一種清楚的心情面對這些回憶。其實人生很單薄，而人存活著，也就倚靠內心那麼一點點的熱情。任憑再偉大的人事時地物，再不可撼搖的功勳，只要當中不存在人的熱情和渴望，那裡就形成了一座一座的監牢。這些關於監牢的體會，最初來自當時忿忿不平時產生的直覺，後來變成了一種哲學似的堅定信仰，在我人生面臨重要抉擇時，一再出現，每次出現時，感覺都和最初發生時一樣讓人警醒。

47

斷斷續續我跟雅麗提出想要離開醫學的想法，她總是說著：

「我總覺得好像還少了些什麼……」

有一陣子，這句話已經快要變成雅麗的口頭禪了。通常，她會提出一些質疑，像是：

「醫學界要造就一個醫學博士耗費的資源很多，你就這樣離開了，心裡覺得安心嗎？」

「我還是願意在醫學院兼任一些麻醉學或者是醫學人文相關的課程啊。再說，當代的醫病關係愈來愈多問題，我覺得這跟醫學界只重視科技，不重視人文有很大的關係。我寫了這麼多醫院的故事，這些如果能讓醫學界更重視醫學人文，或者是對醫學生發生一點影響，我覺得或許這更重要……」

我不曉得為什麼我們之間的溝通會變成這樣的形式。每次，我提出想法，她就提出一些質疑，我想辦法回答那些質疑，她再提出一些新的質疑……

「你知道雖然你現在是暢銷作家，但是作家的收入是很不穩定的，不像醫師，不但收入穩定，而且隨著年紀變大，經驗愈多，收入愈高。」

「我知道。可是我們兩個人已經工作十多年，有了一些積蓄，萬一我寫的書真的不再暢銷，我們省吃儉用，總不至於餓死。」

「我倒不擔心餓死，如果你願意讓我養你，我也是不介意的，」親愛的老婆笑著說，「我只是想問你，萬一真的有那麼一天，你的書不再暢銷，或者是沒有收入了，你會甘心嗎？你會不會覺得自己一無是處，開始抱怨，怪罪別人？」

「其實我不是為了暢銷才來寫作的……」我一邊說著，想起雅麗形容的那個潦倒怨艾、又不太可愛的過氣作家，忽然變得詞窮。老實講，我並沒有一刻認真地想過那個潦倒傢伙的處境，於是我只好改口說，「嗯，我了解妳的意思了……」

那時候，我知道我還有一些沒有顧及到的層面必須再三思考，於是這樣的循環停止了對話的部分，又進入了傷腦筋的思考階段。

我花了一些時間，思考這個新的問題，試著給自己一些說法。可是無論如何，這些說法，聽起來要不是言不由衷，就是邏輯不對。我很納悶，為什麼我回答不了這樣的問題？

有一天，我在電視上看到綜藝節目裡玩著一種名為「恐怖箱」的遊戲。節目製作單位在箱子裡面放進未知東西，讓來賓在看不見的情況之下，伸手進去摸索，猜測恐怖箱裡面的內容物是什麼。這個遊戲主要的噱頭是不管放進去的東西是溫馴的小狗、貓咪、毛線衣，甚至只是假髮，大部分的演員、明星伸手進去摸索時，都因為某種預期心理，嚇得尖叫、花容失色。電視機前面的觀眾朋友則安心地坐在電視螢幕前，透過玻璃看到箱子裡的內容，以及參加遊戲者荒謬的驚恐反應，因而笑痛了肚子。

那時候，我想起自己一直無法克服的問題。我恍然大悟，差點從沙發上跳起來。

「恐懼！」難怪再多理性的分析與說法說服不了自己。

我興致勃勃，坐下來目不轉睛地盯著電視螢幕，一口氣觀察了好幾個特別來賓玩恐怖箱的恐懼反應。有趣的是，不管放進去的東西如何普通，這些歌星演員沒有一人例外，全部都顯現了程度不一的驚恐反應。我開始好奇起來了，如果箱子裡面的東西並不恐怖，那麼這些驚恐的對象又是什麼呢？想著想著，答案立刻自動地清楚呈現。原來，大部分時候，讓我們恐懼的對象並不真的那麼可怕，真正讓我們覺得害怕的，其實是那些捉摸不定的未知。

我興致來了，開始想，如果我參加恐怖箱的遊戲，會怎麼做？老實說，我們的手那麼大，恐怖箱裡面的空間那麼有限，我們一直在乎著自己的恐懼，很少想到，反倒是箱子裡面的東西應該害怕伸進箱子裡的那隻手才是。愈想我愈覺得興致大發，如果我也上場玩恐怖箱，我可不可以做好最壞的打算（了不起讓箱子裡的小動物咬上幾口），然後放膽伸手進去箱子裡面，全心全意，徹徹底底把它摸索個清楚？

這一念之間，彷彿過去許多想不清的什麼如骨牌似地相繼倒下，事情開始變得清澄明澈。如果把人生的許多未知的時刻想像成恐怖箱，其實恐怖箱內的對象多半是不值得害怕的。可是這些恐懼挾著「未知」的力量，狐假虎威地在人生的道路上讓人卻步，把人局限在某種無形的牢籠裡，甚至讓人做出了許多荒謬而非理性的抉擇。

我忽然想起雅麗問我的問題：如果有一天，我變成那個潦倒怨艾、又不太可愛的過氣作家時，會不會甘心？想著，自己開始覺得有點好笑了。是啊，讓我們恐懼的對象並不真的那麼值得可怕的，說穿了也不過就是未知嘛。如果勇敢地做了最壞打算，選擇自己所愛，放膽伸手進恐怖箱去摸索，未來又能把我們怎麼樣呢？就算人生的恐怖箱摸來摸去，摸出了一個潦倒怨艾的作家結局，那又如何？人不斷地老去，散去，生病，死去……比這更可怕的事情都擋不住了，那樣的下場又有什麼好怕的呢？

大概只有我們停止了恐懼，才能全心全意去享受人生這個大箱子裡面裝的許多寶藏吧。如果我因為恐懼而不敢選擇自己所愛，那樣的人生走到底，我該拿自己怎麼辦，又該怎麼跟自己交代才好呢？

我看過一部關於羅馬尼亞體操小選手故事的電影。當這個羅馬尼亞小女生面臨的平衡木瓶頸無法突破時，她的教練告訴她：

「妳要想望自己是一隻比翼飛翔的小鳥，在天空自由自在地飛翔。」

那樣的想像力給了她一種全新的力量，克服了地心引力與跌跤的恐懼，突破了自我極限，因而獲得了奧運的金牌。

想望與恐懼同時構成了推動生命前進的最原始的兩種動力。大部分的時候，我們因為害怕未知，壓抑自己，重複做著我們自己不喜歡的事。可是想望卻給了我們勇氣與承擔，讓我們豐富的內在生命因而開展，宛如花朵必須迎風綻放……

那時候，已經接近我三十六歲生日前夕。我開始想，繞了大半生，或許幸福是比我們想像中還要簡單的事吧。與其說那是一種擁有的狀態，還不如說是一種存活的心態吧，當我們決心讓自己活在想望多於恐懼的生命時……

48

三十六歲生日那個晚上，我又再度向雅麗提出了要離開醫學的想法。那時候，我們正坐在家裡的廚房前的吧台喝著紅酒慶生。我鄭重地對雅麗再說了一次我的寫作夢，我告訴她恐怖箱和電影《比翼飛翔》中的故事，也告訴她我三十六歲之後想活在幸福裡的決心與對自己的祝福。

雅麗舉杯祝我生日快樂。喝完了一杯紅酒之後，她忽然對我說：

「既然如此，你明天就去提出辭呈吧。」

我嚇了一跳，問她：

「妳同意了？」

「我想你提了這麼多次，也該是時候了。我可不想白頭偕老地跟你談同樣的話題，不得安寧……」

「可是……」我還是不太理解。

「過去我總覺得少了一些什麼，現在聽你這樣說，我忽然知道那是什麼了，」她笑了笑，「看到你對自己的未來有想望與熱情，我覺得放心……」

「可是那些妳提出來的問題？」

「我提出那麼多問題，只想給你一些提醒，確定你都考慮過了。現在我已經沒有問題了。其實，我一開始就支持你寫作，從來沒有反對過……」

「一開始，」我有點好奇，「那是什麼時候？」

雅麗想了想，「十幾年前你得了文學獎的佳作請我吃飯，我答應你無怨無悔支持你寫作。就從那時候開始。」

不久，我又打了一個電話給在南部的父母親，在提出辭呈前告訴他們這個決定。電話中母親愣了一下，她似乎有些失望，問我：

「你考慮過將來經濟上的問題嗎？」

「考慮過。」我說。

「那就好。」母親沉默了一下。她說，「你年紀也不小了，既然你決定的事，我們也沒什麼好說。」

掛上電話不久，父親又打了電話過來關切，他意味深遠地說：

「我剛剛和你媽媽商量過了。我們雖然覺得有點可惜，可是相信你一定有你的道理，也一定考慮了很久。你媽媽要我打電話告訴你，我們會支持你的決定。你知道，從小我們對你有很多期望，可是你做的很多事情其實早就超乎我們的期望了，現在我們對你不再有期望了，只希望你把身體照顧好，快快樂樂的。」

「我知道……」邊說著，我想起善良又體貼的雙親以及許多往事，聲音竟開始哽咽。

49

隔天，對醫院麻醉部的單位主管提出了辭呈。我的主管非常訝異，問我：

「你做得好好的，怎麼忽然想走了？是不是對醫院有什麼事或者制度不滿？」

我笑了笑，搖搖頭。

「離開這裡以後，那你想去哪裡？」我的主管問。

「我想寫作。」

「寫作？」他似乎有些不太理解，「寫作這個工作的收入比當醫生高出很多嗎？」

我又搖了搖頭。「寫作的收入並不穩定。」

「那你為什麼想走？」

「我只是覺得……我不年輕了，今後想做一些自己想做的事。」

我的理由對我的主管來講並不充分。他坐在旋轉沙發椅上，用著一種奇怪的眼神嚴肅地看著我。我直覺他並不相信我的說法，希望我再多做一些解釋。可是那真的是我全部的理由了，我實在沒有什麼好再說的。沉默了一會，他似乎有些失望，對我說：

「我想你應該有自己的打算吧，也許你不願意告訴我。我暫時留住這份辭呈幾天，算是我的慰留之意，萬一你改變主意，可以隨時回來找我。」

50

我記得我在開刀房最後一個麻醉的病例是心臟手術後大出血，從加護病房送回開刀房的緊急手術。那時候，情況緊急，病人已經進入休克狀態了，外科醫師來不及消毒，直接拆開了胸腔的縫線，露出了一個到處是血的胸腔，我們就在一片血泊中展開麻醉以及種種急救措施。

即使過了很久以後，那個最後的病例一直在我的腦海中印象鮮明，我分不清是因為那些血泊太過驚心怵目，或者是我的內心對臨床醫師依依不捨的記憶，讓我對遺忘產生了某種抗拒。

我提出辭呈以後，一直試圖告訴自己，這沒什麼，不過是一個微不足道的人生轉變，因此每當有人問起我的轉變時，我就刻意告訴別人：

「沒什麼，我只是重新分配時間比重，讓寫作的時間多一點，如此而已。」

再不然就是：

「我還是會繼續擔任兼任主治醫師啊，回來上課、教學，一切並沒有什麼不同。」

我不曉得是因為不捨或者是不安，我幾乎是無可抑遏地想淡化這些轉變。六月底，我正式離開了醫院。那時候，我動身前往捷克、斯洛伐尼亞、匈牙利、波蘭這些東歐國家去旅行。我心想，也許藉著這種完全異國他鄉的旅遊經驗，我可以平順地轉換這些心情。

一九九七年七月一日，我旅遊到了捷克一個叫作卡爾維瓦利的溫泉小鎮。中午我回到巴洛克風味十足的當地旅館休息。打開電視，忽然看見CNN頻道播映著香港回歸大陸，英國和中國進行著交接典禮的畫面。我一點也沒有想到會在這樣陌生的小鎮，意外地撞見了這樣的歷史時刻。看著英國國旗下降，中共五星旗緩緩上升，我忽然想起張愛玲在〈傾城之戀〉裡面寫過香港被日本攻陷時的片段。

……在這個不可理喻的世界裡，誰知道什麼是因，什麼是果？誰知道呢？也許就因為要成全她，一個大都市傾覆了。成千上萬的人死去，成千上萬的人痛苦著……

生命很奇怪，就像我們很少察覺每天都在老去一樣，總得靠著那些外在的生日、紀念日，或者是歷史事件，才能提醒我們驚覺到那些內在的改變真實地發生過。

從歐洲看著香港是那麼地遙遠，捷克更絕少和我的生命發生任何的牽扯。我卻在那樣陌生的時空下，感受到我們的世界、我們的生命，是用著多麼驚心動魄的速度，天翻地覆地改變著。

那時候，我第一次真正地意識到，我已經離開醫學，告別我的昨日了。

第七章

有時候，我會想起小時候辦《兒童天地》被老師抓個正著，老師臉上那個諷刺又不解的表情，以及她問過我的話：「你這麼聰明，為什麼不做點別的更有用的事？」

51

我離開了醫學，變成了一個作家，一心一意地寫著。

有時候，我會想起小時候辦《兒童天地》被老師抓個正著，老師臉上那個諷刺又不解的表情，以及她問過我的話：

「你這麼聰明，為什麼不做點別的更有用的事？」

我並不是那種理直氣壯、義無反顧的人。那時候，我又不免懷疑，這一切似乎又回到了三十多年前那個老師盯著我看的下午，我的生命是不是平白地繞了一圈？

三十多年來，不管我做著什麼，這個問題幾乎如影相隨。我一直以為當時我還太小，終有一天，我會找到令人信服的答案。令人費解的是，午夜夢迴，當我必須誠實地面對自己時，我發現我仍然沒有答案。

我隱隱約約有種說不出來的焦慮。這裡面一定還有一些不對勁的事情，否則，為什麼經歷了這麼多事情、這麼久的歲月，問題不但沒有消失，反而引來了更多的新質疑。

為什麼不做點別的有用的事？什麼叫有用的事？為什麼有用？對誰有用？對什麼事情有用？有用的事是寫作嗎？還是有什麼別的事情我錯過了……

52

有一次，兒子跑來問我他的小學國語測驗卷上的問題。題目是選擇題：請問，下列哪種動物會唱歌？一、小鳥。二、小狗。三、兩者都會。四、兩者都不會。

這個題目實在太古怪了，為了避免誤導教學，我只好去偷偷地瞄了一眼答案，結果標準答案是一、小鳥。不看答案還好，一看到這種答案，我更是滿頭霧水了。我翻箱倒櫃，找遍了教科書，好不容易總算找到了這個答案的根據，來自國語課本內的課文中，有一段類似的句子：

小鳥愛唱歌，整天吱吱吱，可憐的小狗什麼都不會，只會汪汪汪。

我無可奈何地翻開這段課文，指給小兒子看，並且告訴他答案是小鳥。

兒子看著課文，又看了看測驗卷，顯然他也陷入了五里霧中。

「爸爸，」他問，「為什麼小鳥會唱歌，小狗就不會？」

「因為小鳥吱吱叫的聲音很悅耳啊，像這樣，」我模仿〈小蜜蜂〉的歌曲旋律開始唱著，「吱吱吱，吱吱吱，吱吱吱吱吱吱……」

小兒子差點笑了出來。

「哪有這種小鳥，如果這樣，小狗也可以唱歌啊，」他也模仿〈小蜜蜂〉的旋律，「汪汪汪，汪汪汪，汪汪汪汪汪汪……」

我強忍住笑，問他：

「你看過這種神經病的小狗嗎？」

「那也沒有這種神經病的小鳥啊！」他抗議著，「多可笑啊，吱吱吱，吱吱吱，吱吱吱吱吱吱……」

顯然我的舉例不太好，趕快換一個。

「我上次看到一隻鸚鵡，真的會用人話唱歌，」我學著台語歌曲〈雨夜花〉的旋律，「雨夜花，雨夜花，受風雨吹落地……」

「那是一隻特別的鸚鵡，不算。」他認真的說，「我就看過一隻鸚鵡，不但不會唱歌，還會說髒話罵人，要不要我學給你聽？」

「不用了。」我嚇了一跳，趕快敬謝不敏。

就在我想盡辦法說服小兒子答案是小鳥時，我自己都開始覺得荒謬起來。這樣的感覺似曾相識，我忽然想起了從小到大，我們所接受的教育，一直是一種追求答案的教育。我實在很難跟小兒子解釋，標準答案往往只講出了老師心裡想要的回答。

這些經驗種種，讓我發現，我們活在一個以答案為中心的文明裡。問題似乎只是為了顯耀答案而存在的配角。我們先有了標準答案，再創造出附和答案的問題。這樣的文明使得思考的方向顛倒，教育變成了一種標準答案的自我繁衍體系。

久而久之，標準答案變成了一種非存在不行的必要。整個社會不再有能力問為什麼或者是發出質疑，傾全力投入對現成答案的追逐。

這樣一想，我忽然可以理解為什麼當我寫的書開始暢銷時，我是那麼無可選擇地被推上某種傑出成功人物、風雲人物、不世出的年輕天才作家的行列裡；也可以體會到，為什麼我經過修飾的照片會被光鮮亮麗地推上全版廣告、大型看板上……或者是不斷地有人期望我回答：如何維持良好的婚姻？如何成功？如何利用時間……

這一切並沒有什麼真正的惡意，傳播媒體無非只是順水推舟，從時尚、成功、富裕、名氣、青春……不斷地推出各種成功的典範或者是生命的解答。

我只是正好置身在這樣的潮流裡，必須扮演起答案的角色。

我常在想，如果我能夠馴服一些，也許可以把好不容易得來的這個角色扮演得很好，甚至哄騙自己也接受我所扮演的角色與答案，好好地在生命中安身立命。只是，當我必須扮演一個我不相信的答案時，不安是在所難免的。我看到了標準答案並不標準，自然要疑惑：

為什麼大家可以相信這些破綻百出的道理呢？難道沒有別的更好的方式可以活下去嗎？

53

有一題老掉牙的機智問答是這樣子的：

電線杆上有十隻鳥，用石頭打下來一隻，電線杆上還剩下幾隻鳥？

雖然簡單的數學計算可以得到十減一等於九的結果。可是這個問題還必須考慮到其他九隻鳥生物的本能反應，因此得到標準答案是：電線杆上沒有半隻小鳥剩下來。

這個問題實在是太流行了。我們大部分人在童年時代不免都有過回答九隻小鳥，而被嘲笑的經驗；一旦我們知道了標準答案之後，又拿著問題與答案去嘲弄其他的孩子，並且自覺高人一等，因此得意洋洋……

果真電線杆上沒有半隻小鳥剩下來？作家王溢嘉先生對這個讓我們深信不疑的標準答案提出新的問題。他拿著石頭去丟電線杆上的小鳥，並且觀察紀錄。有趣的是，這麼簡單的實驗很容易就推翻了我們幾十年來深信不疑的標準答案。實地操作的結果是：每次電線杆上剩下的小鳥數目都不一樣。小鳥本身的敏感度、石頭力道、準確度、風向、氣候……以及許多看不見的因素，隨機地決定了每次電線杆上剩下的小鳥的數目。

這個結論引起我莫大的興趣，我覺得有必要帶著孩子們對這個標準答案發出疑問，並重複一次這樣的實驗。

有一次，我開車到七股一帶去遊覽，發現沿著濱海公路的電線杆到處站滿了小鳥。我立刻決定停車，依樣畫葫蘆，做電線杆上還剩下幾隻小鳥的實驗。我和雅麗以及兩個兒子興奮地撿了許多石頭，由我率先投石向鳥。

我的成果不錯，電線杆上十二隻小鳥被我嚇跑了八隻，只剩下四隻，存活率百分之三十三點三。

雅麗出手不凡，另一隻電線杆上的九隻小鳥被打得只剩下二隻，存活率約為百分之二十二點二。大兒子用力一擲，得到百分之五十的存活率。小兒子則是力道太弱，完全沒有驚動小鳥，存活率百分之百。

我們愈丟愈興奮，又吼又叫。最後，四個人聯手出擊，眾石齊發，果然把電線杆上十三隻小鳥打得群鳥亂飛，成果斐然。一陣紛亂之後，定眼一看，竟然還有一隻小鳥傻不隆咚地站在電線杆上，摧毀了我們完全封鎖比賽的美夢。

這隻不戰不和不走不降的小鳥引發了兩個兒子的同聲討伐，抓起地上的石頭胡亂丟擲。一時之間，飛石滿天，噓聲四起，我和雅麗在一旁簡直笑彎了腰，那隻小鳥仍然堅毅不拔，不為所動。過了不久，攻勢稍緩，電線杆上總算又飛來了一隻聲援的小鳥，形成了石破天驚的亂世中，誓死捍衛家園的兩隻忠鳥。

扣除掉飛走的十一隻小鳥，電線杆上十三隻小鳥的存活率約為百分之十五點四。

54

而標準答案果然就是真理嗎？或只是另一種巫師般的心靈慰藉？到底精采的生命應該充滿了問題，或者是擁有許多答案呢？

55

在一次偶然的機會，我回到了從前的國民學校。我一直以為那些童年往事的空間很大，可是真正舊地重遊，環顧著桌椅、黑板、板擦、教室、公布欄、窗戶……卻驚訝地發現所有的一切竟以等比例的方式全部縮小了。我覺得很不可思議，自己生命中豐富而重要的回憶，竟發生在現實世界中這麼不起眼的窘迫空間。

我走進教室，坐在從前的位置上，幾乎容不下我身軀的課桌椅讓我理解到，空間並沒有變小，只是時間改變，我自己也隨著長大、變老了。我記得不久前，我才在這裡，認識新的字，寫著作文，寫著考卷……一時之間，我掉進了諸多往事的回憶裡。想著想著，我彷彿可以看到那個小學的我就站在面前，輕輕地搖晃著，問我：

「你是誰？為什麼會坐在我的位置上看我寫的作文？」

「我就是你，我是長大了以後的你。」

「你是說……」孩子驚訝地看著我。「以後我會變成你這個樣子？」

我點點頭，翻開作文簿，看著「我的志願」中那個關於侯氏企業的種種……

「我怎麼知道你是不是在騙我？」孩子機伶地問。

我笑了笑，指著作文簿說：

「我知道你的文章被刊登在紙廠通訊上，還知道你得到了稿費，請同學去福利社，還跑去抽籤，弄得教室到處都是冰棒滴下來的糖水……」

「這些事很多人都知道。」

「我還知道你有很多別的志願，像是偵探、棒球小國手、作家……」

「你現在變成了什麼？」孩子半信半疑地問。

「我是一個作家。」

「你是說，我會一直寫著作文，長大之後，變成了一個作家？」

「也不全然是這樣，」我笑了笑，「這中間還發生很多別的事。」

「別的事？」他問，「那你當過偵探嗎？」

我搖搖頭。

「棒球小國手？」

「沒有。」我又搖搖頭。

「這麼說，」他看起來有些失望，「我大部分的志願長大之後並沒有實現。」

「很少人作文簿上的志願長大以後真正實現的，」我說，「至少，你將來會變成一個作家。這是你喜歡的，不是嗎？」

他看著我，好奇地問：

「你現在還像我一樣喜歡寫作嗎？」

我點點頭。

「那就好，」他說，「我不要這個世界每天都是同一個樣子。我想寫作，每天都要把這個世界搖一搖，晃一晃，好奇地想看看會不會有一些什麼新鮮事掉下來。」

「我記得，」我笑著說，「可是我已經沒有你那麼勇敢了。」

「為什麼？」

「因為我長大了，他們認為我不應該像你一樣，老是犯錯……」

「他們是誰？」

「他們是很多你認識的人和不認識的人，你慢慢就會知道。」

「你喜歡長大嗎？」

「長大累積了很多東西，但也會失去很多。這聽起來雖然很公平，可是不知道為什麼，我愈長大，愈想念你。」

「你不也曾經是我嗎？」孩子問。「為什麼還想念我呢？」

我想起一路走來發生的許多故事，忽然覺得生命實在太匆忙了。在我們來不及看清楚它的容貌之前，就推著我們莫名其妙地走遠，再也無法回頭了。

「該怎麼說呢？你就像是……」我看著孩子的臉龐，「假期前夕，週末的晚上。」

啊，那些充滿想像、渴望，一閃即逝的美麗歲月。

「我知道那種感覺。」孩子笑了起來。

「你呢？」我幾乎忘記當孩子的感覺了，「你會很渴望長大嗎？想要變成我嗎？」

孩子想了一下，「我不要變成你。」

「為什麼？」我問。

「我的未來是豐富的想像與許多的問題，而你，不管變成了什麼，」他說，「只是答案之一。」

56

我有一個朋友平日嗜畫成癡，耗費家產，網羅古玩字畫，炫耀於同伴之間。有一天晚上她睡不著，起身在燈下展閱古畫，照見字畫上面留有雍正、乾隆等帝王將相的題字落款。正想在字畫上蓋上自己的印章時想起，權傾一時的帝王將相都擁有不了這幅畫，她如此迷戀，無非也就是替後人保管字畫罷了。

這麼一想，她大徹大悟，隔天起出清所有的字畫，重新過著不同想法的人生。

我初聽到這個故事時只覺得真是個絕頂聰明的人啊！有一天我正在寫作，想起這件事，忽然大受震動。我頓悟到，原來生命真正的本質是時間，而不是擁有。而我們能夠支配、使用的，不過是存在的每一個瞬間。就像聖奧古斯丁曾說的話：

時間來自於不存在的未來，進入到不會延續下去的現在，再走進已不再存在的過去。

不知道為什麼，這樣的頓悟讓我有一種豁然開朗的清明，能夠用不同的目光重新看待過去幾年發生在我身上的許多事情。張愛玲曾寫過自己的天才夢，她說：

我是一個古怪的女孩，從小被目為天才，除了發展我的天才外別無生存的目標……

這段話讓我感觸良深。我已經忘記自己是從小被視為天才，還是自我陶醉的結果，竟然相信這樣的事情。我沒有張愛玲的天分，卻比她愚癡，有很久的時間竟以為發展我的天才，並且贏過別人就是我的生存目標。

這些年，我半推半就地作著我的天才大夢，仗著自以為是的天才做過一些事，有些我做成了，有些不免灰頭土臉。我以為如果我累積了更多的擁有，我就可以掌握答案，甚至趨近永恆。我曾經全心全意地相信這樣的信念，並且扮演著某種答案示範者的角色……直到成功、名氣、死亡、衰老、無常……一一與我擦身而過，讓我看穿了所謂的偉大的功勳以及意氣風發背後的虛幻，並且喚醒了我內在的不安。

更精確地說，我的天才夢，不過是一個天才妄想，幻夢破滅的故事罷了。不過，在夢幻破滅的盡處，我卻看到了一個又一個對生命的質疑與好奇。就像我坐在國小的課桌椅前，看到自己童年時代的身影一樣。我重新舉手問著一個又一個的問題，每一瞬間的生命於是有了夢想，有了探索，有了一回又一回的想像與發現……

我一度以為我得做好痛失一切的準備，好面對我的選擇以及隨之而來的轉變。等我走遠了，回頭去看，才知道我只是離開了那些不屬於我的一切。我從來沒有真正放棄，或者失去過什麼。

再想起那個老友般的問題，我開始能夠釋然了。

「你這麼聰明，為什麼不做點別的更有用的事？」

為什麼不問更多的問題呢？為什麼是這樣，為什麼不那樣？

生命這麼地渺小，亙古的時空卻浩瀚無垠。如果還要再追問下去，什麼叫有用的事？為什麼有用？對誰有用？對什麼事情有用？我應該繼續寫作嗎？還是有什麼更重要的事情我錯過了……

這些更是不容易回答。

可是我實在很難想像，如果不追問這些問題，我的生命會變成了什麼？

57

斷斷續續寫著。有時候，我會感受到腸枯思竭，或者槁木死灰般的靜寂來襲。有時候，落筆卻像是春風得意的走馬疾行。

我開始想像，我這樣一字一句地寫著，一定在時空的遠方，也有一個相應的讀者，正一字一句地閱讀著。只要時空另一端的讀者還興致勃勃地閱讀，那麼作者自然就應該理直氣壯地寫下去。一陣微風吹來，字裡行間漸漸長大成為一片茂密的森林，沿著章節的目光是無數林蔭小徑間的散步。我在蓊鬱的枝葉間推推敲敲，讀者就在光線的斑駁間尋尋覓覓。

就這樣，我寫著優雅，寫著悲傷，寫著悠揚風趣、沉著穩重、尖酸刻薄、癡心妄想……在這一齣生命的大戲裡，沒有一件事情是簡單的。從一群嬉戲的孩子、一個問路的陌生人、一面電影看板、一張寫著字的紙條、一陣成功的掌聲到一個諷刺的表情……都不簡單。想著想著，感歎自然在所難免了。人的一生，光是要成為自己都那麼不容易，更何況生命的時空中有那麼多不可逾越的界限。

常常我會有種錯覺，以為自己仍是幾十年前愛在巷子裡對著陌生人說謊的那個孩子。我從來不曾忘記，那個孩子是多麼迫切地想要觸及長巷盡頭、轉彎以後的那些風景。

或許正是那樣的迫切持續呼喚著我的寫作吧。藉著文字，我得以穿越時空，超越生命中所有不甘心的局限，引領我看見轉彎之後的那個未知、美麗而動人的世界。

國家圖書館出版品預行編目資料

我的天才夢 / 侯文詠著. --三版.--臺北市：皇冠文化. 2025.07
面；公分（皇冠叢書；第5235種）（侯文詠作品集；9）

ISBN 978-957-33-4317-2 (平裝)

863.55 114007807

皇冠叢書第5235種
侯文詠作品 9

我的天才夢

【侯文詠的成長四部曲——發現自己】

作　　者—侯文詠
發 行 人—平　雲
出版發行—皇冠文化出版有限公司
台北市敦化北路120巷50號
電話◎02-27168888
郵撥帳號◎15261516號
皇冠出版社(香港)有限公司
香港銅鑼灣道180號百樂商業中心
19字樓1903室
電話◎2529-1778　傳真◎2527-0904
總 編 輯—許婷婷
責任編輯—黃雅群
行銷企劃—薛晴方
著作完成日期—2002年04月
三版一刷日期—2025年07月
三版三刷日期—2025年09月
法律顧問—王惠光律師

讀者服務傳真專線◎02-27150507
電腦編號◎010208
ISBN◎978-957-33-4317-2
Printed in Taiwan
本書定價◎新台幣380元/港幣127元

封面照拍攝協力
攝影：YJ Chen
造型：黃偉雄
妝髮：韓子剛
服裝：SANDRO